心在焉

陈晓萍————著

这是一个
心不在焉的时代

北京大学出版社
PEKING UNIVERSITY PRESS

图书在版编目（CIP）数据

心在焉 / 陈晓萍著. —北京：北京大学出版社，2019.1
ISBN 978–7–301–30122–7

Ⅰ.①心… Ⅱ.①陈… Ⅲ.①随笔—作品集—中国—当代 ②读书
笔记—中国—现代 Ⅳ.①I267.1 ② G792

中国版本图书馆 CIP 数据核字（2018）第 276992 号

书　　　名	心在焉	
	XIN ZAI YAN	
著作责任者	陈晓萍 著	
责 任 编 辑	贾米娜	
标 准 书 号	ISBN 978–7–301–30122–7	
出 版 发 行	北京大学出版社	
地　　　址	北京市海淀区成府路 205 号　100871	
网　　　址	http://www. pup. cn	
微信公众号	北京大学经管书苑（pupembook）	
电 子 信 箱	em@pup.cn　QQ:552063295	
电　　　话	邮购部 010–62752015　发行部 010–62750672	
	编辑部 010–62752926	
印 　刷 　者	天津图文方嘉印刷有限公司	
经 　销 　者	新华书店	
	880 毫米 ×1230 毫米　A5　7.125 印张　134 千字	
	2019 年 1 月第 1 版　2019 年 1 月第 1 次印刷	
定　　　价	58.00 元	

这是一个心不在焉的时代

这是一个心不在焉的时代。

可以每时每刻都处于在线状态的手机，彻底改变了人类的生活习惯。不同调查的结果显示，成人每天查看手机的平均次数在80次左右，青少年则在200次以上。一个人能够专注做事的时间通常不超过10分钟。在日常生活中，多日不见的老朋友聚会时也会各自看着自己的手机，家人一起外出游玩时也会忍不住去看自己的手机。

难怪微软的办公软件现在推出了电子邮件的免提示功能——就是一个帮助大家排除干扰的手段。手机的静音功能也是同样的目的。工具虽然存在，却有许多人难以抗拒手机的勾引，一分钟不看就难受。脑科学的研究发现，看手机时大脑中分泌的是多巴胺，令人快乐，因此容易上瘾。

除了手机，还有形形色色的各类诱惑吸引着我们的眼耳鼻舌身，使我们分心，无法专注于自己的工作或学习。

注意力的缺失正在变成我们这个时代的通病。

正是在这样的大背景下，我认为那些能够全神贯注、全身心投入自己工作的人，将成为我们这个时代的佼佼者。他们不仅在工作中会取得更大的成就，而且自己的内心也更强大充实。

我个人比较欣赏的美国知名媒体人、曾经 18 次获得艾美奖（Emmy Award）的奥普拉·温弗瑞（Oprah Winfrey）就是一个典型的例子。奥普拉在美国是一个家喻户晓的名字，以她名字命名的电视节目《奥普拉脱口秀》（*The Oprah Winfrey Show*）从 1986 年开始就成为最受欢迎的电视节目之一，每天上演一场新秀，长达 25 年。2011 年，奥普拉转型，成立自己的影视公司 OWN（Oprah Winfrey Network）。如今，她不仅是该公司的董事长兼首席执行官（CEO），还是畅销月刊《O，奥普拉杂志》的创始人和出版商。同时，她还是被提名奥斯卡奖的女演员（凭借在电影《紫色》中的精彩演出获得奥斯卡表演奖提名）以及电影《塞尔玛》的制片人。由 OWN 公司创造的现实题材的剧集都荣登有线电视收视率的高峰，而她亲自制作的七集纪录片《信仰》更是观者无数。与此同时，她还创造了一个影响巨大的读书俱乐部（经她推荐的书必定畅销），并在推特（Twitter）上有 3 000 万名粉丝。她对美国社会和民众的影响广泛而持久，可以用一个词来概括，那就是：奥普拉效应。前段时间风传她要参加下一任总统的竞选，让大家激动了好一阵。

作为这么一个具有多重身份、角色和重大影响力的媒体人士，她的作息时间表可想而知，一定是马不停蹄，几乎没有喘息的时间。如何在这么多角色间转换、不被不同的角色牵扯和分心，而把每一件事都做到最好、做到极致呢？我以前猜测过许多原因，比如个人的天分、别人的帮助、正好碰上的机遇、无比的勤奋，等等。直到有一天，我在一本杂志上看到对她的深度采访，才突然有了醍醐灌顶的领悟，并且立刻产生了极大的共鸣。

奥普拉·温弗瑞 ●

奥普拉说，她高效工作的最大秘密，就是 fully present，用中文表述就是三个字：心在焉。全神贯注地进入此时此刻正在进行的活动会提升对该活动的体验强度和真相认知，使她更敏锐、更犀利。她在拍电影时，就专心扮演影片中的角色；在制片时，就完全从制片者的角度来审视影片。在演播间化妆室里，即使听到好友突然去世的消息，也不能沉浸于悲伤之中，而必须立刻集中注意力，百分之百地投入节目。而在管理公司时，她也是全身心地投入，打造卓越的管理团队，然后给大家充分的资源、支持、信任和自主权，以至于整个团队都从心里认同并内化她的价值观，凡事都会问一句："假如是奥普拉，她会怎样处理这个问题？"而他们对这个问题的自问自答，答案十有八九是正确的。

一个人不可能在同一时间做几件事，正如一心不能二用一样。专注、心在焉才是提高工作效率的真正秘诀。

虽然和奥普拉相比，我要差很多个数量级，但是我自己的工作效率又何尝不是心在焉的结果呢？我在进入一个状态的时候，就全身心地投入，完全不想其他事情。比如在办公室里，就全身心地处理与学院行政管理有关的事项，对每一个请求都给予深思熟虑的回答。在家里看书或写作的时候，也是一心进入，听不见其他声音。做晚饭的时候，则专心洗菜、切菜、烧菜，全然忘记与工作有关的内容。和家人朋友聊天时，从不查看自己的手机，而是融入整个身心。回复每一封邮件，也都是全神贯注，绝不敷衍。就是在朋友圈分享照片，也是每一张都可见用心。

专注的表象就是：拿起时身、心、意三位一体，放下时彻底没有牵挂。

那么，如何锻炼自己的注意力呢？有人说，注意力就像肌肉一样，不用就会松弛；而不断地刺激它、使用它则会使它越来越有弹性和生机。有意思的是，奥普拉的很多节目就是帮助人处理与自己的生活和心灵有关的各种问题的，其中一部分是正念练习（mindfulness exercise），也就是冥想的技巧。而这也恰恰是我在过去几年中每天实践的。只要15分钟的时间，闭上眼睛，再关闭感知外界的其他器官：耳、鼻、舌、身，然后全神贯注于自己的内在，像旁观者一样观察自己的杂念纷飞、呼吸起伏，逐渐进入什么也不想的无我状态，让灵魂出窍若干分钟之后，就能抵达神清心静的境界，专注因此成为自然而然之事。

一个可以驾驭自己注意力的人，将可以成大器。这个主题反复出现在本书的许多文章之中。第一篇"未来与今天"中描述的计算机科学家、基因学家、"斜杠青年"、人工智能引领者或者全球化公司的领袖无一不是专心致志者。第二篇"理性与感性"中描述的团队决策、实验研究、大学的公正维护体系、院长诞生过程也非专心不能完成。更别提其间描述的经济学家罗斯教授、荷兰画家凡·高，还有我自己在过去20年中取得的成就，也都是专注和激情的结果。第三篇"古老与现代"是我在英国剑桥大学深度体验的记录，从中更能看出一个具有 800 多年历史的大学是如何始终贯穿科学精神和治学理念，成为学者可以长期皈依的精神家园的。"专注"在这个意义上上升到集体的层面。

希望本书可以使你沉下心来专注于阅读。

初稿写于 2018 年 7 月，原载于《管理视野》第 15 期，

修改于 2018 年 10 月

◇ 目录 ▶▶▶▶ Contents

第一篇 未来与今天

什么样的公司拥有未来?   003

聪明的机器可以让人变笨?   005

机器人真的"抢"了工人的饭碗?   008

有诗意的科学家:数字时代的创新者   013

如何让创新变现? 企业的广角镜战略   021

人类的基因和未来   026

全球化公司说什么语言?   035

创造有趣有味的生活:"斜杠青年"   042

勾画北斗七星   045

第二篇　理性与感性

集体决策是大众的智慧还是团队的陷阱？　　　　　　　　049

信息控制、真相与团队决策　　　　　　　　　　　　　052

学者的用武之地　　　　　　　　　　　　　　　　　059

实验之美：简单透彻地揭示因果关系　　　　　　　　063

　　实验范式的创造　　　　　　　　　　　　　　065

　　实验设计的要诀　　　　　　　　　　　　　　076

　　实验的局限性　　　　　　　　　　　　　　　079

　　这些年我做过的实验　　　　　　　　　　　　080

　　结语　　　　　　　　　　　　　　　　　　　088

公正的维护　　　　　　　　　　　　　　　　　　094

新任院长是怎么诞生的？　　　　　　　　　　　　101

公司与员工的关系：怎一个情字了得？　　　　　　109

他的画与世界无关　　　　　　　　　　　　　　　111

记忆是连接身体和灵魂的桥梁吗？　　　　　　　　115

癌症凶猛，人坦然　　　　　　　　　　　　　　　120

一位充满激情的管理学者：对陈晓萍博士的访谈　　126

　　第一部分：职业旅程　　127

　　感悟　　148

　　第二部分：中国管理研究　　148

　　感悟　　160

第三篇　古老与现代

英国的古老大学　　165

　　初遇剑桥　　166

　　年年新鲜的花花草草　　170

　　剑桥大学的三个著名学院：国王、三一、圣约翰　　174

学者的精神家园　　190

　　普及的晚诵时光　　190

　　生活也不苟且　　193

　　剑桥大学的博物馆　　197

　　剑桥大学的教授们　　200

　　成为剑桥人？　　206

第一篇

未来与今天

什么样的公司拥有未来？

2017 年被称为人工智能元年，在许多谈未来已来的文章中，"无人"二字几乎成为未来世界的象征。从无人飞机，无人工厂，到无人驾驶的汽车，无人管理的商店、图书馆，不一而足。仿佛只有在一个不需要他人为本人服务的社会，才是未来的样子。

这使我想起二十多年前我刚到美国时的经历。那是 20 世纪 80 年代末，伊利诺伊大学的校园里已经有了很多自动售货机，出售点心、三明治、饮料、咖啡，还有邮票。也有自助取钱的柜员机（ATM），一天二十四小时工作。此外，伊利诺伊大学已经开始使用电子邮件，和老师、同学沟通时不再需要见面或者打电话，只要通过电脑发送电子邮件即可。这些机器的存在，确实大大节约了时间成本，也提高了工作效率。可我同时也发现，我可以几乎不说一句话、不和任何人交往就过完一天！几个星期之后，只觉得自己与现实的疏离感越来越强，全身心都被孤独浸透。那时的思乡之情以及对朋友的思念，恐怕是我这辈子中最强烈的。

　　"无人"的世界也许没有我们想象中的那么美妙。机器虽然能够给人带来许多方便，却显然不能治疗人类的孤独。人类作为社会动物，最深层的需求之一其实是建立与他人有意义的联系。我个人认为，那些本着这个原则所创建的公司，或者所创造的产品和服务，才是摸到了人类的命门。这类公司、产品或服务不管是在线下还是在线上，只要它们扮演平台或桥梁的角色，就一定拥有未来。它们可以连接商家和消费者，也可以连接作者和读者；它们可以连接老师和学生、演员和观众、医生和病人，也可以连接有可能结缘的陌路人，甚至普罗大众。只要它们的存在可以让人和人之间的连接变得更为有效，就可以有光明的未来。相反，如果一类公司、产品或服务的存在会削弱人与人之间的联系，抑或取而代之的话，它们的前途可能就不那么光明了。

　　照此推理，倘若一家公司能够满足人类的深层需求，就应该有持续发展的潜力。除了与他人的联系，人类的独特之处还在于对精神的追求，需要在衣、食、住、行各个方面展现自己的价值和个性色彩；需要可以随时获得或传播信息和知识，了解和感知这个世界；需要不断提高自己的技能，并且感觉到自己的影响力。因此，那些可以帮助个体了解自我、实现自我、延伸自我、超越自我的公司，也应该具有顽强的生命力。

　　　　　　　　2017 年 12 月末于美国西雅图，载于《管理视野》第 11 期

聪明的机器可以让人变笨？

自从 Alexa 进入我家，我和她的关系就比较微妙。

Alexa 是一款具有语音识别能力的智能机器，外形是一个苗条圆柱。我随时叫她的名字，她都会蓝光一闪，和气地回应我。问她天气，她就告诉我天气情况；问她球赛的结果、词汇的含义、交通拥堵情况，她也都有问必答。要她唱歌，她就唱歌（spotify）；要她跳舞，哦，她还不能跳……

我和她关系微妙的原因在于我还不知道怎样摆正和她的关系。一方面，我喜欢她有求必应的态度和满腹的知识；另一方面，我又害怕在对她的依赖日益增多之后，慢慢丧失自己的记忆力和判断能力。在今天这个机器智能无处不在的时代，要保持自己的智力水平不下降还真是一件不容易的事呢！

其实在 Alexa 出现之前，我们和智能手机之间的关系就已经与此相似。如果某人已经到了须臾不能离开手机生活的状态，那么他就到了被手机绑架的边缘。最近有一系列的心理学研究表明，对于那些手机整日不离身的人而言，即使不看手机，它的声音和震动也会分散人的注意力，并使人的血压升高、心跳加快，削弱人分析问题和解决问题的能力，使其工作绩效降低。更绝的是，有一个研究发现，手机所在的位置不同也会直接影响人的智力测验成绩。比如，研究者随机选择了三组大学生，让一组把手机放在桌上，另一组把手机放在包里，还有一组把手机放在另一个房间。结果发现，测验成绩最差的就是把手机放在桌上的大学生，最好的则是把手机放在另一个房间的大学生。进一步的研究发现，人们对手机的强烈依赖程度足以导致其心理机能，包括学习能力、逻辑推理能力、抽象思考能力和解决问题能力的衰退。而且即便我们不打开手机，其客观的存在也会转移我们的注意力，消耗我们宝贵的认知资源。因为就是警告自己不要去看手机这个意念也需要消耗我们的心力，阻碍我们的思维。

这些结果当然让我吓出一身冷汗。不过我退而思之，跳出自身的窠臼，又觉得智能机器的存在确实对生产力的提高起到了巨大的促进作用。整个人类的工业文明发展史，都与机器变得越来越聪明有关。今天我们一个普通人的生活质量已经远远好于100年前的国王，就是机器为人类造福的明证。而我们面临的窘境，从微观层面，就如我和 Alexa 想保持的关系那样，就是希望在她可以随叫随到的情况下，我依然不被她绑架；从宏观层面，就是在机器可以产生智能的时代，希望人类不会因此变笨变蠢，被机器绑架。

作为一个乐观主义者，我相信自己的定力，相信物竞天择的原理，也相信人类的智慧。Alexa 也好，手机也罢，都只是提高人们生活质量和幸福指数的一个工具而已，其他智能机器的位置也应如此吧？

2017 年 10 月于美国西雅图，载于《管理视野》第 11 期

机器人真的"抢"了工人的饭碗?

如果我们有机会去特斯拉(Tesla)汽车制造厂走一圈,或者去亚马逊(Amazon)的货仓张望一眼,一定会为那个空间中的主角——高度自觉、不需要停歇的机器人、机械手繁忙而有条不紊的运动所震惊。另一个不言而喻的震惊之处可能就是:"工人在哪儿呢?"

技术的进步会导致工人失业,机器人、人工智能或者其他形式的自动化将使人类无工可做,这样的担忧从第一架纺织机的发明就开始了。但是历史一次又一次表明这个预言的无效。我们如果来看一下最近几年美国零售业的雇工情况,就可以发现比较有意思的结果。

电商,尤其是像亚马逊这样的超级电商的发展,确实让很多零售商店都无法活下去,就是像沃尔玛这样的超级零售店,都在亚马逊的挤压下关闭了很多店面。更别提 Barnes & Nobles、Borders 这两家著名的书店了,早已关门大吉。很显然,实体零售店的关闭导致了许多工人失业。2010 年是美国零售业最受重创的一年，失业人数达到 110 万人。到 2012 年，情况有所好转，总失业人数不到 60 万人。从 2016 年开始，失业人数大大下降，在 10 万到 20 万人之间徘徊。

但有趣的是，电商本身的招工人数却在逐年增加。2015 年，新招的员工达到了 20 万人，而到 2016 年，增加到 30 万人。目前这个势头仍显强劲，截止到 2017 年年中，已经达到了 40 万人。2016 年一年，仅亚马逊一家公司就在全美国招收了 10 万名新员工，其中在西雅图的招工数量就达到 1 万余人，每天都有新员工的入职培训。据亚马逊在西雅图市中心新建办公楼的容量来看，2019 年该公司的员工数量可能达到 7 万名以上。难怪西雅图的房地产急速走俏，房价也不断飙升。

这些数字表明，电商招工的数量其实已经超过由于实体商店关闭而使员工失业的数量。由此推论，其实机器人并没有真的抢走工人的饭碗；相反，它们给了员工新的、价值更高的饭碗。

此话怎解？

回忆一下 20 世纪 70 年代初的美国，银行的 ATM 刚刚启用。专家预测，银行的用工人数以及需要开设的支行数都将大大下降。后来网上银行的出现，使得这个预言的呼声更高。富国银行（Wells Fargo）在引入新技术上向来领先，在 ATM 和网银的使用上也是如此。确实，数据表明，与 1998 年相比，2004 年的银行员工总数量下降了 1/3。但是 ATM 和网银的出现，反而使开设支行的成本下降，而且随着新的金融需求如个人理财、私人信贷的出现，在同一时期支行的开设数量反而增加了 43%。当然，这些支行所招收的新员工，其工作性质不再是存款取款，而是办理与银行相关的业务（relational banking）。这些员工的工资收入也比原先的银行员工要高出许多。

再看一下计算机软件的发明给设计行业带来的冲击。比如画图软件、设计软件大大简化了设计的流程，可以省去大量的排字工人和编辑。波士顿大学的一位经济学教授在 1983 年曾经成功地将自己开发的一个制作目录（catalog）的软件出售给西尔斯百货公司（Sears）。当年该公司的目录制作部门立刻就裁员 100 人。这位教授当时心里有点打鼓，也有点内疚。可是后来发现有些客户利用这个软件制作出更多数量和更多款式的目录，并且可以针对不同人群的不同需要制作出完全符合这些群体个性特点的目录本，对促进销售起到了非常有效的作用。虽然总体而言，在 20 世纪 80 年代该软件的出现导致了 10 万名排字工和编辑失业，但是从 1979 年到 2007 年，这个行业的设计员人数却增加了 4 倍，达到 80 万人，远远超过由此带来的失业人数。当然，该软件的出现所带来的新的工作机遇与原先的已经大不相同，但是，工作机会增加了却也是不争的事实。

现在来看一下在电商亚马逊货仓工作的员工，他们与在沃尔玛工作的员工的性质不同，需要的技能不同，得到的报酬也不同。亚马逊的每一件货品都有自己的电脑编号，因此不需要像在实体商店里那样，同类货品必须放在一起才容易辨认提取。相反，货品可以放在任何货架的空隙内。一个客户在网上下单，电脑就会寻找到相应的货品及其所在的仓库位置，精确到货架。收到单子的货仓就会派机器人去取货，如果货品在几层楼高的架子上，就会由那位驾驶电子检索机的员工去相应的货架上取，然后把货品放到货台上。机器人接着会根据货品的大小、重量、性能选择合适的包装盒，将货品放入盒中。员工随即将盒口密封，然后把它投放到传送带上。盒子之后会被机器人贴上标签、送货地址，然后由不同的快递公司送给买家。在整个过程中，需要人工的地方只有两处：电子检索机驾驶员，盒子密封员。但是由于在网上购物的方便快捷，被购买的货品数量、品种激增，员工需要量也随之增加。而且由于电商连接买家和卖家的效率更高，因此整体而言，生产率也大大提高了。体现在工资收入上，亚马逊支付给员工的平均每小时的工资比沃尔玛要多 2 美元，而且亚马逊的员工还享有股权、教育学费补助等其他福利。

最近，亚马逊宣布，在西雅图之外，还要在美国挑选一个城市，在那儿成立第二个总部。这个消息引起了华盛顿之外所有州的州长强烈的兴趣，大家都想争取亚马逊过去，就是因为它会带来潜在的大量工作机会。亚马逊 2017 年 8 月宣布在未来的一年里

要招聘 13 万名新员工，也许其中大部分就会在那个第二总部呢！

　　所以，机器人抢不了工人的饭碗，而是创造了新饭碗。让自己不失去饭碗的最好方法就是不断学习新的知识和技能，去得到那份崭新的、价值更高的工作。若不如此，那个旧饭碗肯定将一去不复返了！

2017 年 9 月于美国西雅图，载于《管理视野》第 11 期

有诗意的科学家：数字时代的创新者

　　在即将读完这部将近五百页的巨著《创新者：一群技术狂人和鬼才程序员如何颠覆世界》（*The Innovation：How a Group of Hackers，Geniuses，and Greeks Created the Digital Revolution*）时，我突然有些舍不得将它放下了。

　　如此精彩的人物、故事，如此细腻幽默的笔触和叙述，将主宰我们这个时代生活方式之发明创造（计算机和互联网）的诞生、发展、演变过程，徐徐展开，栩栩如生地呈现在我的面前。如同那幅《清明上河图》，既可以让我一眼瞥见整个历史图景，又可以让我就某个细节拿出放大镜来观看琢磨，弄清人物与人物之间、事件与事件之间平行的关系或者承上启下的关系，并且梳理出历史发展的脉络和贯穿其间的主题。作者沃尔特·艾萨克森（Walter Isaacson）的写作功力和讲故事的能力让我佩服不已，这不愧是他耗时八年的心血之作啊。而他写的《史蒂夫·乔布斯传》《爱因斯坦传》《基辛格传》早已脍炙人口，被大家奉为经典。

　　没想到整个计算机发展的历史起始于一位女性在 1843 年发表

的译者笔记。这位女性的名字叫埃达·洛芙莱斯（Ada Lovelace），她是英国著名诗人拜伦的女儿。与拜伦充满激情、狂热叛逆的性格相反，埃达的母亲理性冷静且精通数学。拜伦婚后的不轨行为导致其婚姻的结束。从此埃达的母亲就带着她远离拜伦，单独生活。为了防止女儿遗传其父的诗人疯狂基因，母亲认为数学是最好的解药，因此亲自教埃达研修数学，并带她参加科学家的聚会。

正是在这样的一次聚会上，18岁的埃达遇到了当时的数学奇才查尔斯·巴贝奇（Charles Babbage）。巴贝奇不仅是数学奇才，而且动手能力极强。他发明了许多机器，在那次聚会上，他展示了自己制作的"微分发动机"（Difference Engine），该机器可以解多项式微分方程。埃达被这台机器吸引，凭着天生对诗和数字的热爱，立刻就窥见其内在的精美，以至于下决心拜巴贝奇为师进一步钻研数学。之后由于各种机缘巧合，他们合作发明了"分析发动机"（Analytical Engine），其中许多灵感受到当时新出现的自动织布机的启发。正是在此合作期间，埃达翻译了巴贝奇在意大利国会的演讲，介绍分析发动机的原理。为了把演讲的内容解释清楚，埃达自己写了将近两万字的译者笔记，几乎是原演讲稿两倍的篇幅，最后发表在《科学历史》期刊上。正是这篇译者笔记，成为奠定整个计算机、互联网以及人工智能发展的基石。埃达也因此青史留名。

遗憾的是，后来由于意见不合，埃达与巴贝奇的合作未能继续，分析发动机的美好愿望也没能实现。可是，他们播下的种子在大约 100 年之后开始发芽。1931 年，麻省理工学院的教授范内瓦·布什（Vannevar Bush）造出了第一台模拟电子机械计算机，取名为"微分分析机"（Differential Analyzer）。这台机器的发明为计算机未来的发展奠定了重要基础，并且更加明确了计算机的原理和目的，包含四个重要方面：（1）数字化；（2）二进制；（3）电子化；（4）通用性。通用性指的是计算机并不只用于数学运算，也可用于对各种符号，包括词语、音符、图像、数字等的操作。

此后的 1937 年，艾伦·图灵（Alan Turing）在剑桥大学发表了一篇关于可计算数字的论文，更坚定了他对自己想象中的"逻辑计算机"（Logical Computing Machine）的信念。该机器后来被称为"图灵机"。同年，在麻省理工学院攻读硕士学位的克劳德·香农（Claude Shannon）在布什手下工作，对微分分析机极为着迷。暑期他去贝尔实验室实习，观察到电话接线的原理其实与微分分析机有相似之处（都是通过逻辑运算），在布什的鼓励下，就写了一篇论文。图灵阅读了该论文后，深受启发，觉得与自己关于人类通过逻辑进行运算的理念十分相似，因此产生了一个想法：如果机器可以运用逻辑的话，就有可能像人类一样思考。

同一个夏天，在哈佛大学攻读物理学博士的霍华德·艾肯（Howard Aiken）被烦琐的数字计算搞得头疼，提议校方造一台更加有效的计算机来解决问题。校方建议他去找一找当年巴贝奇的微分发动机——被储藏在哈佛科学中心的阁楼上。当艾肯在储藏室里找到微分发动机的时候，大为兴奋，还拆了一部分零件搬到寝室仔细琢磨。之后他撰文请求学校和 IBM 拨款建造一台现代微分发动机，学校没有答应，但是 IBM 倒是挺支持的。后来，艾肯离开哈佛大学去海军服役，两年后回校，IBM 已经造出了计算机 Mark I。艾肯说服海军购买了该计算机，并让他做主管。他因此得以在哈佛大学既拥有自己的实验室以及一群穿海军军装上班的工作人员，又能躲开哈佛大学的繁文缛节。这台计算机重达五吨，长近三十米，宽约十八米，是个巨无霸。它虽然是数字化的，但不是二进制，做一道乘法题要耗时六秒钟。

在 1937 年还有一位对数字化计算机着迷的科学家，名叫文森特·阿塔纳索夫（Vincent Atanosoff），当时在爱荷华州立大学做教授。他思考了很久，觉得自己可以造出这台计算机，但是对几个细节想不清楚，十分焦虑。为了稳定自己的情绪，他开着自己的新车在高速公路上飞驰（他是个车迷），不知不觉就穿过密西西比河到了伊利诺伊州。他停车走进一家小酒馆要了酒和苏打水，坐下来，感觉平静了许多。之后他灵感突现，就在餐巾纸上写下了自己的想法：用真空管回路来做加减并且把结果储存起来。这台计算机在一个研究生的帮助下，于 1942 年完全建成，大小如同一个写字台，里面大约有三百个真空管，一秒钟可以做三十个加减运算。但之后他应征去海军服役，被分配到华盛顿首都的军械实验室，研究与原子弹相关的项目。从此再也没有时间去理会这台计算机。而如此重要且具有里程碑意义的计算机自那以后就存放在依阿华州立大学的地下室里，无人知晓，无人问津。

　　偶然发现这台计算机的是一位名叫约翰·莫奇立（John Mauchly）的物理学家。他也对发明计算机着迷，而且自己画出了样图，想到了用真空管。在思考过程中，他搜集了很多信息，询问了很多同事。在 1940 年冬于费城召开的一次学术会议上，他偶遇阿塔纳索夫。二人一拍即合，阿塔纳索夫邀请莫奇立有空去参观他的实验室。次年夏天莫奇立成行，在那里待了四天，观看了正在建造过程中的真空管计算机。之后莫奇立去宾州大学学习电子，更坚定了要建造这台计算机的决心。后来莫奇立巧遇一位心灵手巧的实验室老师 J.P. 埃克特（J. P. Eckert），二人联手，呼吁正卷入第二次世界大战的美国陆军赞助计算机的建造。战争的需要催生了很多发明，计算机就是其中之一。他们的提案得到了美国陆军部的支持，并给了这个项目一个令人难忘的名字：ENIAC（电子数字整合计算机）。这台计算机于 1945 年 11 月正式建成，可以在一秒钟内完成 5 000 个加减运算。这台机器重约 30 吨，内有 17 468 个晶体管，体积大约有一个三居室那么大。

　　可是在 1943 年其实已经有一个秘密建造的真空管计算机完

成了，那就是后来著名的"巨人"计算机，是由英国政府组织赞助，在图灵的带领下建成的。那台计算机虽然是电子化、数字化、二进制的，但其使命主要是破译第二次世界大战时期德军的密码，而不是一般意义上的通用性计算机。

那么到底是"谁"发明了计算机呢？从历史的脉络中我们看到，其实这个"谁"不是一个单数，而是一个复数。就如创新这件事本身一样，它常常是一群人共同努力的结果。这群人中需要有理论家、眼光长远者，也需要有动手能力强的实干家、工程师。而且他们需要站在彼此的肩膀上，不断地向上攀升，才能达到今天的高度。

这还不仅限于计算机的发明本身，其后的发展、演变，包括硬件材料的不断创新（半导体、晶体管、微芯片、合成线路的发明和使用），以及软件行业的诞生、发展（多种编程语言的发明），又何尝不是如此呢？这段历史中的人物离我们的距离要近一些，大家可能更熟悉一些，比如约翰·冯·诺伊曼（John Von Neumann）、威廉·肖克利（William Shockley）、罗伯特·诺伊斯（Robert Noyce）、比尔·盖茨（Bill Gates）、史蒂夫·乔布斯（Steve Jobs）、马克·安德森（Marc Andersen）、史蒂夫·凯斯（Steve Case）、拉里·佩奇（Larry Page）和谢尔盖·布林（Sergey Brin），等等。

这本书共有十二章，从埃达·洛芙莱斯（第一章）始，至永远的埃达（第十二章）终，其间的章节题目分别是：计算机，编程，晶体管，芯片，电子游戏，互联网，个人计算机，软件，在线，网络。作者对每一个历史阶段的重要事件都非常熟悉，对每个人物背景信息的搜集都极为细致，而且用轻松娴熟的口气娓娓道来，好像在讲述自己亲历的事件，或者自己老朋友的故事，特别亲切，特别清楚。这本书具有重要的史料价值，而其中反复抽取出来的关于创新的思考更对读者具有现实的指导意义：

1. 创新是一个合作的过程。孤军奋战基本上不可能产生伟大的创新。

2. 数字化时代看起来具有革命性，但它无非是不断拓展前人想法的结果。

3. 把具有不同专长和想法但是具有共同目标和兴趣的思想家、学者、匠人、工程师、技术员等聚集在一起，让他们在近距离范围内一起工作，可能是最能出创新成果的良方。

4. 数字化时代存在三种创新模式：一种是通过政府主导为某个创新项目提供赞助和服务；一种是通过私营企业；还有一种是通过志愿者的免费贡献。这三种模式没有优劣之分，彼此互补，营造整个社会的创新生态。

5. 对创新最有效的领导者，是那种鼓励合作同时又有清晰愿景的人。

6. 最成功的创新者和创业者，是那些注重产品的人。

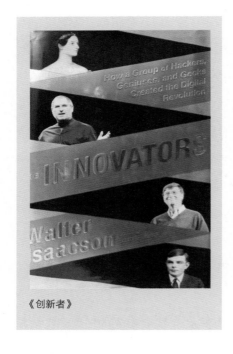

《创新者》

7.最有未来前景的产品，是那些具有社交功能的产品：创造社区、增进沟通、进行项目合作、连接素不相识的个体。

然而，创新需要想象力。想象力是什么？埃达这样说："想象力是把不同的东西、事实、想法、理念用新的、原创的、变化的方式无休止地整合起来的能力。"

这本书中所记录的那些创新者和创业家，都是极具想象力的人。他们的想象力来自何处？来自他们的训练和素养，最显著的一条就是他们文理皆通，既有缜密的逻辑思维，心中又时刻装着诗和远方。

充满诗意的科学家才能成为数字时代的创新者。

2017 年 9 月于美国西雅图，载于《管理视野》第 11 期

如何让创新变现？企业的广角镜战略

虽然我们似乎已经到了未来已来的时代，但是太过超前的优质创新产品成为"先烈"的例子还是屡见不鲜。比如索尼公司当年创造的电子阅读器（e-reader），尽管其设计、精度、阅读体验都超过亚马逊的 Kindle，但现在几乎不见踪影。再比如飞利浦公司早在 20 世纪 80 年代中期就发明的高清电视，投入了 25 亿美元，却没有市场，结果在二十多年之后被三星等公司领了风骚。为什么辉瑞公司的吸入式胰岛素未能普及？为什么米其林公司的 PAX（防漏气）轮胎得不到消费者的青睐？从创新产品到市场变现之间的距离究竟有多远？其中的盲点有哪些？

如果你对以上问题好奇的话，那么《广角镜：成功的创新者抓住了哪些别人错过的东西》（*The Wide Lens: What Successful Innovators See That Others Miss*）一书就是你的必读之书。本书的作者罗恩·阿德纳（Ron Adner）是达特茅斯大学商学院的教授，专门研究从产品创新到市场普及的每个环节，从而提出了创新生态系统（innovation ecosystem）的概念。一个产品本身再优秀，如果整个创新生态系统不完备，也无法成功，是这本书的基本命题。但更重要的是，作者通过一个个细节详尽的经典案例分析，把失败的例子和成功的例子放在一起，提炼出最实质性的规律，并做出详细阐释，为未来的创新成功提供了系统思考的视角和要点。这就是《广角镜》一书如此畅销的原因。

让我们先来看一看米其林 PAX 轮胎的案例。这是一个具有全新理念的轮胎系统，把钢轮、内部支撑环、轮胎测压计和橡胶外轮四个部件组合起来，可以使一个轮胎在被戳破完全漏气的情况下继续正常行驶 200 公里，仿佛没有漏气一般。这个发明本身几乎具有革命意义。对汽车制造商来说，安装 PAX 轮胎可以提升其汽车的竞争力，因为可靠的轮胎能提高汽车的安全系数。数据显示，由于轮胎出问题发生的交通事故每年达 25 万起之多，而且有 60% 的美国驾驶员经历过轮胎漏气事件。对于用户来说，如果换上了 PAX 轮胎，从此再也不用担心半途抛锚，也不需要在后备厢里加放备用轮胎了。这样质量高、性能优的汽车轮胎谁不喜欢呢？为了把产品制造出来，公司进行了战略调整和变革，从原来对单个部件的制造导向转变为系统整合导向，经过五年的努力，终于成功转型。但是汽车制造厂家不愿意只用一家公司的轮胎，为了克服这个障碍，米其林公司经过几年的努力，终于说服另一家大型汽车轮胎制造商固特异也制造 PAX 轮胎（那是在 2000 年）。在万事俱备之后，成功应该指日可待。

但出乎意料的是,虽然万事俱备,那片东风却一直没有吹过来。从 2001 年到 2007 年 PAX 轮胎的销量长期萎靡。公司经过反复分析,发现问题出在轮胎行业整个生态系统的其中一环之上,那就是汽车修理店。是怎么回事呢?

轮胎生态系统由两部分组成:一部分是制造新轮胎提供给汽车制造商,还有一部分是为用户提供轮胎维修和替换服务。米其林公司在专注发明并关注轮胎的制造上无疑取得了成功,但是却忽视了第二部分的生态环境。当 PAX 轮胎出现问题需要维修的时候,几乎所有的汽车修理店都不愿意提供维修服务,迫使用户去购买一个新轮胎,而新轮胎的价格不菲,每个要 300 美元。这样一来,消费者觉得不划算,还不如买装有老式轮胎的汽车。那为什么汽车修理店不愿意修理 PAX 轮胎呢?因为他们原来的轮胎修理机器全都用不上,需要购买整套新工具和机器,花费太大,对他们来说并不划算。这第二部分的生态系统可以用下图表示:

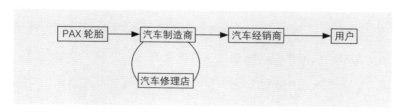

轮胎生态系统

从这个案例可以看出，当你忽视生态系统中的一个环节时，这个环节就成了你的盲点，可以将你的高质量创新产品置于死地。米其林公司在 2007 年正式宣布停止制造 PAX 轮胎。

但有趣的是，PAX 轮胎在美国的军用汽车上却得到了广泛使用。原因就是在那个市场的生态链中，他们借到了东风。对于美国国防部来说，把 PAX 轮胎安装到新造的汽车上，同时建造一套全新的 PAX 轮胎维修设施，经费都不是问题。

再来看看亚马逊的 Kindle 战胜索尼公司的电子阅读器的案例。在电子阅读这个生态系统中，存在若干个重要环节／合作伙伴。第一条生态链是阅读器这个产品本身（硬件）到零售商再到终端读者用户。第二条生态链是提供阅读器内容的伙伴，包括出版社和作者，以及其内容可以随时获得的便利性。在这两条生态链中，索尼在第一条上做得显然比亚马逊要更好，但是在第二条生态链上与亚马逊相比就差好几个数量级了。亚马逊本身就是书商起家，内容量是索尼的数百倍。即便如此，为了让终端读者感到物有所值，亚马逊主动让利（甚至吃亏），把所有电子书的价格定得都低于 10 美元，而亚马逊支付给出版社的费用却与纸质图书无异。按照作者的解读，在分析生态链的时候，要站在每个环节／合作伙伴的角度，来估计其愿意接受创新产品的意愿（即是否有利可图）。如果有利，就用绿灯表示；若不亏不盈，就用黄灯表示；若是有亏损的可能，就用红灯表示。这样分析下来，在索尼的生态系统中，虽然其他的都是绿灯，但亮红灯的是出版商（既不赚钱又有侵犯版权的嫌疑），亮黄灯的是作者（直接供稿的好处不够清晰）和网上连接技术（不成熟）。而对亚马逊而言，没有红灯，亮黄灯的是作者和出版社。他们因此对出版社和作者让利，使这两处黄灯也变成了绿灯，因此一

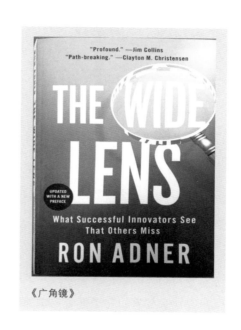

《广角镜》

路通行，在市场上占领了牢固的位置。

作者用这样的分析框架解读了更多的商界经典案例，有既统揽全局又一针见血的感觉，非常精彩。更可贵的是，作者提出了使创新变现的思维方式和执行路径。你可以尝试以此框架去分析一下电动汽车或者无人驾驶汽车能够变现的生态系统，从而预测该行业中现有公司成功的可能性。应该非常有启发！

2018 年 5 月于美国西雅图，载于《管理视野》第 14 期

人类的基因和未来

《基因传：亲密的历史》（*The Gene: An Intimate History*）是一本奇书。

人类的代代相传是怎么回事？为什么父子的容貌如同一个模子里刻出来的？为什么双胞胎身处异地，却能有相似的感同身受？为什么某家的儿子都有点精神异常？又为什么某些人具有同性恋倾向？人类自身究竟源自何处，又要走向哪里？

对于这些具体又抽象、简单又复杂、古老又崭新的问题，这本书的作者悉达多·穆克吉（Siddhartha Mukherjee）给出了科学的、令人信服的、符合逻辑的答案和猜想。对这些问题的解答很长、很新颖、很深刻，风趣幽默而且不时让人感觉出乎意料、豁然开朗。全书近600页，其中有100页是文献索引，可见作者的研究功底之深，不愧是哥伦比亚大学医学院的教授。

全书从作者本人家族的故事开始说起。他出生在印度，父亲有四个兄弟，母亲是一对双胞胎姐妹中的妹妹。父亲的四个兄弟中有两个患有精神病、躁狂症，只能长年待在家中，由奶奶照顾。他自己的一个表兄在成年之后也出现癫狂症状，而这个表兄的两个叔叔也都有精神病。很明显是家族遗传。他的母亲虽然与其双胞胎姐姐长相相似，性格脾气却相去甚远，不过她们即使在各自成家不在一起生活之后，也还能够彼此心领神会。遗传是怎么发生的？上一辈人通过什么神秘的通道可以把自己的生物和心理特征传递给下一代？

这个问题其实从亚里士多德开始就被提了出来，并给出了许多假设。从纯粹生物学的角度出发，作者把对这个问题进行孜孜不倦的探索并给出了重要答案的里程碑式的学者，如查尔斯·达尔文（Charles Darwin）、弗朗西斯·高尔顿（Francis Galton）、格雷戈·门德尔（Gregor Mendel）、詹姆斯·华生（James Watson）等人的科学研究故事如数家珍般娓娓道来，让我一下子回忆起自己在高中学习生物学时的情景。可惜我当年的那个老师实在是太糟糕了，如果我碰到这本书的作者做我的老师，也许我今天的研究领域就是遗传学和基因学了。光是达尔文去南美洲观察各种鸟类的异同、特点，收集标本、化石，之后回到剑桥大学潜心研究悟出答案的故事就足以让人对生物学着迷了。更别提门德尔用那么巧妙的实验方法在他的修道院花园里研究豌豆花，把花的颜色遗传和变异的因果关系搞清楚；还有托马斯·摩根（Thomas Morgan）的果蝇繁殖研究，其中的逻辑推理、精细设计和扎实的因果判断更让人感到科学研究本身、探索真理本身的魅力。

沿着历史的轴线，作者引出一个又一个在遗传学中举足轻重的事件和人物，不断制造悬念，并将情节一步一步推向高潮。第一个高潮是 1953 年 DNA 双螺旋结构的发现，也就是基因的发现。第二个高潮是 2001 年对整个人体基因组（genome）图谱的成功绘制（总共有三百多亿条）！

当然，这本书的精彩之处不仅仅在于对生物学研究史本身的梳理和描述，更在于在整个阐述过程中，作者始终从心理、社会、文化和伦理的视角审视基因学。比如，他从基因的角度对某些历史事件进行解读，非常符合逻辑，也让我茅塞顿开。

在基因学中长期存在争执的有两个问题。第一个问题是：在了解了基因的优劣之后，人类是否应该利用优胜劣汰原理，使优质基因得到延续？第二个问题是：一个个体所具有的生物学和心理学特征究竟是先天导致的还是后天决定的？

早在 DNA 被发现之前，就有不少科学家信奉优胜劣汰的原则，建议剥夺心智残弱个体的生育权，以防止不良人种繁衍。美国在 20 世纪 20 年代还专门成立了有关机构把这类人关押在孤岛上，限制他们繁衍后代。当然将此念头推向极致的就是希特勒，他企图消灭犹太种族的想法就是对优种基因执迷的结果（或者是借此名义）。在灭犹运动之前，在欧洲和德国已经进行了许多消灭脑部有障碍、身体残疾者的实验和实践，得到许多科学家的支持。到后来发展到灭犹，也是基于"科学"的思路，并进行大规模的宣传，所以才得到广大德国民众的强烈支持。虽然现在想来令人匪夷所思，但在当时的环境和氛围下，消灭犹太种族其实只是拓展了原先消灭脑部有障碍、身体残疾者（劣质基因携带者）的界限而已。

再比如，在基因的排序（gene sequencing）被发现之后，科学家们突然意识到了问题的严重性，因为既然可以给基因排序，那么基因克隆和基因改造就不再遥不可及，而这两项技术可能对人类带来的影响实在"细思极恐"。当时科学家们决定自己开会讨论，制定规则，确定哪些实验可以做，哪些绝对不能做。科学家虽然以寻求真理为己任，但是在涉及人类基因的根本大事时，这些生物学家、基因学家还是选择了非常负责任的做法——负责任的科学研究，令我非常敬佩。作者本人也是这些科学家中的一员，虽然当时因为年轻没有直接参与那一场讨论，但其导师、诺贝尔化学奖获得者保罗·伯格（Paul Berg）是组织者和倡导者，所以，他对这些历史事件有非同一般的感受，这可能也是他能把这本书写得如此生动具体的原因。我由此产生的共鸣是，负责任的科学这一点其实在所有的研究领域都存在，选择做什么样的研究，其后果对社会的意义和价值，也同样值得心理学家和管理学者讨论。

此外，将基因研究结果用于治疗人类疾病，是科学对人类最直接的贡献。书中描述基因重组从科学变成技术再变成产品，最早是从人工合成胰岛素的研制开始的。这个故事很有趣，很详细，把一个从科学发明变成技术并且商业化的过程完整地描绘了出来，其中涉及科学家（赫伯·博伊尔教授 + 两位助研 Keiichi Itakura 和阿特·里格斯）、创业者（罗伯特·斯旺森）、投资者（凯鹏华盈公司）、生产商（基因泰克公司）以及政府法律部门等的参与。如果不是斯旺森强烈说服科学家博伊尔去申请专利，再合伙成立基因泰克公司，再到处游说说服投资者入股，再找到厂家生产的话，人工合成胰岛素的出现可能还要晚很多年。当时哈佛大学也有教授在进行研发，但因为不是私人公司，反而受到了很多限制（科研经费来自纳税人的钱），无法将成果变成产品盈利。以前胰岛素都要从牛、羊的胰腺中提取，几千千克的胰腺只能提炼出几千克的胰岛素，效率十分低下。现在通过基因重组的方式人工合成胰岛素，治病救人方便了很多。基因泰克后来成功上市，所有创始人都变成了百万富翁。但不幸的是，斯旺森英年早逝，52 岁就因病离开了人世。这个故事里创业者（企业家）的角色非常关键，假若不是斯旺森当年的慧眼和坚持，博伊尔绝不可能去做这件事。

作者从生物学对物种起源的研究开始，写到遗传学、细胞生物学、分子生物学的诞生，再写到 DNA 双螺旋结构和功能的发现（DNA→ RNA →蛋白质）、与基因变异相对应的疾病（如糖尿病、亨廷顿病、乳腺癌）的发现，再写到通过基因重组（如人工合成胰岛素）治疗疾病，一路写下来，一直写到基因克隆和基因排序的完成，以及人体三百多亿个基因组图谱的全部成功绘制，这在人类历史上是多么巨大的成就啊，简直不可思议！

在完成这个创举之后，作者对人类基因的代代相传进行了进一步的探索。有可靠证据表明，虽然一个受精卵中的基因物质（genetic material）同时来自精子（父亲）和卵子（母亲），但是促使受精卵成长的细胞物质（cellular material）却全部来自卵子，因此人类的基因信息（其中特别重要的线粒体）是通过母体遗传的，传女不传男。一直往前追溯，发现最早的人类聚集在非洲刚果的丛林中（南非、纳米比亚那一带的部落），而其后在亚洲、欧洲、美洲、澳洲出现的人全部都是从非洲走出来的。在翻山越岭、涉江过海的长途跋涉中，很多人（基因）死去了。从现在的证据来看，全人类的基因很可能来自同一个母亲。那位母亲生活在20万年前，只有她的血统在经历了漫长历史的考验之后，通过一代又一代女儿的繁衍，延续至今。在人类基因学科中，她有一个美丽的名字：线粒体夏娃（Mitochondrial Eve）。

这本书接着讨论种族的差异和共性，从基因的角度看，其实种族的共性远远大于差异。放在历史长远的轴线上，种族歧视的念头立刻变得非常荒诞。关于性别的差异，这本书发现决定性别的，除了生物学基因（SRY），还有社会文化因素。这样就把先天与后天（nature vs. nurture）的问题重新摆在我们的面前。对于这个问题的探讨涉及对很多同卵双生子和异卵双生子的长期跟踪研究，结果非常有启发意义。

与先天、后天问题密切相关的还有同性恋倾向。有意思的是，同性恋也存在一个决定性的基因（Xq28），并且是通过 X 染色体遗传，即母体遗传的。但是，一个人的先天基因究竟在多大程度上决定其后天的性取向、智商、情商、性格、成就，等等，在对双生子的研究中也得到了答案。即使是同卵双生子，在完全相同的社会文化生活环境中成长，也并非百分之百相同。这说明基因本身的灵活性和应变能力，它的双螺旋（阴阳、镜像）结构使其自身具有修复、替代、调整和变化的功能。这同时也说明基因并不直接决定个体最后的所有非生理特征，而是使人更可能具有某些特征的倾向。该特征究竟出现与否，要看环境中有无"开关"让某个基因激活打开，而使另一个基因抑制关闭。因此，一个个体特征的塑造，一定是既有先天又有后天，先天与后天交互作用的结果。

基因学的未来与人类的未来密切相关。到目前为止，基因诊断术（genetic diagnosis）已经取得了长足的进步。比如有些与遗传有关的疾病——乳腺癌、亨廷顿症——已经可以找到与之对应的那个单一基因。只要取一口唾液，就能检测出该基因的变异是否存在，因此预测未来得病的可能性；基本上可以算得上是医学算命了。但是，另一些与遗传有关的疾病，比如精神分裂症、躁狂症，则涉及多个基因的变异，要检测出来就不那么容易了。而且，其中有的基因还有激发人的创造力的功能，所谓"疯狂的天才"就是因为这种基因的作用。

"医学算命"推出之后又如何呢？基因治疗术（gene therapy）在有些领域已经取得

《基因传》

进展，但是这个领域的研究进展始终涉及道德伦理问题。比如，基因诊断可以检测胎儿的基因缺陷，如果事先知道胎儿有唐氏综合征，谁有权决定这个胎儿的死活？当然，这个问题在基因技术出现之前，在超声波可以准确检测出胎儿的性别之后就已经存在了。基因技术的发展只是使这个问题变得更加突出而已。如果以基因的健康与否来作为判断的基础，那么这与当年把脑部有障碍、身体残疾者隔离，禁止他们繁衍后代又有何异？

此外，试想一下，如果我们使用基因编辑、给基因开刀等技术来改变人类自身的基因，强化某些特征，去掉另一些特征，那

么人类自己也就变成了转基因人，那时，人类还是人类吗？人类终将是走向拯救自己还是毁灭自己的道路呢？

这些振聋发聩的问题应该怎么回答呢？

2017 年 11 月于美国西雅图，载于《管理视野》第 13 期

全球化公司说什么语言？

语言可以聚拢人心，也可以分裂世界；

语言可以融合文化差异，也可以颠覆自我认知。

——陈晓萍

在过去的 30 年里，英语已经成为全球商界的共用语言。不管是欧洲的公司、非洲的公司、亚洲的公司，还是南美洲的公司，抑或是中东地区的公司，只要在海外有业务，英语就是大家默认或者公认的商业用语。这是不争的事实。

可是，从公司内部的运作来说，迄今为止恐怕还没有一家以非英语为母语的公司将公司的官方和民间语言全部改成英语的。比如联想是中英文并用，宜家是瑞典文和英文同时存在，等等。直到我刚刚读完《全球成功的语言：通用语言如何改变跨国公司》（*The Language of Global Success：How a Common Tongue Transforms Multinational Organizations*）这本书，才知道有一家名叫"乐天"的日本互联网公司（其在日本的地位与阿里巴巴在中国的地位差不多），在 2010 年 3 月 1 日那一天，由公司的创始人兼 CEO 三木谷浩史（Hiroshi Mikitani）庄严宣布：乐天的全体员工，无论是在日本工作，还是在美国、澳大利亚、巴西、法国工作，全部必须用英语交流沟通，书面的、口头的，统统如此。而且必须通过类似 TOEFL 的标准英语考试，分数必须达到 650 分（满分 800 分）。两年之内达不到者，全部降级处理。

这个决定在日本员工听来，犹如晴天霹雳！公司创始人三木谷浩史先生在宣布决定之前，既没有与高管团队商量，也没有听取内部、外部的意见，只是凭着自己对公司未来发展走向的判断，以及自己对语言之强大力量的认知而做出决定。三木谷浩史先生认为，首先，互联网公司的全球化是旦夕之事，乐天已经在日本拥有超过 50% 的市场占有率，而且其业务已经从 B2B2C 销售平台拓展到互联网金融、旅行订票订酒店、在线股票交易、信用卡和人寿保险等领域，要进一步发展，必须走向全球，让世界任何一个角落的客户都可以在乐天上购物。而英语是世界通用语言。其次，英语常常与平等、民主、自由等文化价值观相联系，硬性改变日本人的语言习惯可以改变他们的思维习惯，有益于创新。当然，这并不表明他不热爱日本文化，相反，他认为，一旦日本员工可以熟练运用英语，他们就可以把日本文化更好地输出出去，让世界各地的员工和消费者都爱上日本文化。

另一个更加个人的原因是三木谷浩史先生自己的成长经

历。他父亲是大学教授，在他幼年的时候，曾带着他在美国的耶鲁大学、哈佛大学访学，因此他自己小时候就可以熟练地讲英语。后来回日本生活，慢慢地生疏了，但是在他大学毕业工作之后，又回到美国在哈佛大学读了两年工商管理硕士（MBA）。正是这次学习，让他产生了自己开公司的愿望。1997 年，他付诸实施，创建了乐天这家电商公司。三木谷浩史对日、美两国文化的深刻认识，使他萌生了使公司"英语化"（englishnization）的念头。

三木谷浩史宣布了这个决定之后，立刻开始实施，公司上下在任何场合（大会、小会、例会、个别交谈）都用英语沟通。在日本总部，大部分员工都不会说英语，以前与海外员工沟通，都是通过翻译。现在不能再用翻译，简直手足无措，一句话都说不清楚，而且因为英语的发音与日语大相径庭，更增加了学习的难度。这个决定让日本员工炸开了锅，牢骚和担忧满腹，但有趣的是，谁也不敢违背或反抗（日本的服从文化非常强大）CEO 的决定。大部分人为了能够保住饭碗和职位，立刻采取行动，去报英语培训班、夜校，等等，加班加点，迎头赶上。

与日本员工的反应相反，在英语化的决定宣布当天，在美国办公室的乐天员工大大松了一口气，精神大振。"公司终于采纳了我们的语言！"这无疑表明，他们有了明显的语言优势，未来的职业发展道路也会更加顺利，前途一片光明。

还有一类员工的反应比较特别，处于"积极的麻木"（positive indifference）状态。这些员工既不在日本，也不在以英语为母语的国家工作，他们本来基本上都会一些英语，所以听到英语化的消息并不那么吃惊，也不觉得对自己有特别不利或有利之处，接受得较为坦然。

这本书的作者采戴尔·尼利（Tsedal Neeley）是哈佛大学商学院的副教授，她跟踪了这家公司五年，做了 650 个访谈，其访谈对象跨越公司的不同经营地点，包括巴西、法国、德国、印度尼西亚、日本、泰国、美国和中国台湾地区。通过对这些访谈的整理和分析，作者发现，虽然上述三类员工都在乐天这同一家公司工作，但由于英语化的原因，所有人在某种意义上都变成了"外派人员"（expatriates）。在日本本土工作的员工，虽然生活在本土文化中，但必须使用非本国语言——英语来进行交流，他们其实变成了"语言外派者"（linguistic expats）。在美国工作的乐天员工，虽然不熟悉日本文化，但却可以用母语——英语沟通，其实是"文化外派者"（cultural expats）。那些既不在日本又不在美国工作的员工，在语言和文化上都生疏，因此可以称为"语言-文化双重外派者"（linguistic-cultural dual expats）。

有意思的是，在英语化实施两年之后，在日本本土工作的员工有 90% 以上通过了英语关，大大提高了与海外员工沟通的有效性。不仅如此，他们还把原来在总部实行的规则、惯例等文件全部翻译成了英语，陆陆续续发送到海外办公室，并且要求所有乐天员工遵照执行。比如每周的例会，每天早上到公司后要挂上胸牌以及挂的位置不能有差错，等等。这些规定让海外办公室的员工一时间难以接受，因为他们以前有相当的自主权，基本上像本国当地公司一样行事，而现在由于英语化的成功，总部得以把那儿的条条框框都搬过来了。这使他们经历了相当的文化震荡（cultural shock），引起了与总部之间相当大的冲突。书中描述了双方最终是如何调解、妥协、达成共识的。而对于那些既不在日本也不在美国的海外办公室工作的员工而言，英语化过程带来的痛苦和适应比较温和，效果也更好。

自 2010 年公司英语化之后，乐天的整个商业运作已经上了几个台阶。公司的全球化拓展更迅速，已经在原有的基础上延伸到加拿大、塞浦路斯、西班牙、新加坡以及德国、法国、美国的多个城市，并完成了 30 多亿美元的公司并购业务，使业务延伸到出版、娱乐媒体、时尚、手机广告、手机服务、视频对话、语音电话、网络物流等领域。此外，公司还在法国、印度、美国、乌克兰、新加坡、以色列建立了研发中心，同时还对中国、英国、美国和马来西亚的初创公司进行了早期投资，使自己成为未来互联网行业的引领者。

更重要的是，由于公司的语言统一，所有员工对公司的认同程度大大提高，无论在哪里工作，大家都感觉自己是乐天的

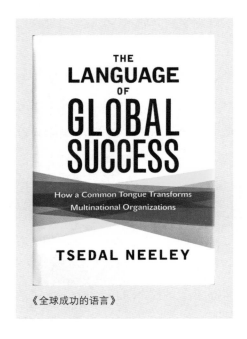

《全球成功的语言》

一员，并以此为傲。从公司的角度，全球招聘人才变得非常容易，而且员工也期盼自己可以到公司的海外办公室去工作，锻炼自己的能力。因此，人才流动变得十分方便。而且，员工之间的知识共享也大大增加，打破了原先因为语言问题无法沟通的壁垒。

由于乐天公司语言变革的成功，2013 年日本首相安倍晋三邀请三木谷浩史先生做日本工业竞争力委员会的顾问，并要求日本文部省考虑改革日本中小学生的英语课程，要求从小学三年级（原先是五年级）开始学习英语，并设立大学入学的英语 TOEFL 考试。他们甚至还建议所有的国家公务员都必须通过英语 TOEFL 考试，以此提升日本的全球竞争力。

语言可以聚拢人心，也可以分裂世界；语言可以融合文化差异，也可以颠覆自我认知。选择哪种语言作为公司的官方用语可能对公司的长期发展有不可低估的影响。我不禁想问：

如果马云宣布从今天起，阿里巴巴的全体员工一律讲英语，大家会有什么样的反应呢？

2017 年 10 月于美国西雅图，载于《管理视野》第 12 期

创造有趣有味的生活："斜杠青年"

俗话说，"有趣的灵魂万里挑一"。可是在《管理视野》这本杂志中，你可以几乎不带悬念地遇到这些"万一"。无论他们是上海"新天地"的创造者罗康瑞，还是杭州"外婆家"的创始人吴国平；无论他们是"斜杠青年"Daisy、西西、蓝凌、胡禹平、欢欢，还是跨界人士Jack、老白、铁掌柜、大漠，这些有趣的灵魂都在运用自己的才能和智慧，不仅拓展自己的生活边界和空间，同时还为别人创造崭新的工作和生活体验，包括视觉的、听觉的、嗅觉的、味觉的体验。他们试图把人对生命最根本的感觉——受、想、行、识、眼、耳、鼻、舌、身、意，全部唤起。

让我们先来看一看瑞安地产集团的罗康瑞先生。早在20世纪90年代，他居然就敢在上海第一届党代会的旧址上动土，把这块古老的土地建成一片新天地。新天地不仅保留了中国传统文化的元素，而且融入了西方的生活方式和情调，咖啡屋和茶馆并列，西餐厅和本帮菜馆同街，让来自世界各地的在上海工作或休闲的人士都能找到自己需要的东西，看到激发思维和创意的风景，把生活的趣和味都带到这片新天地之中。后来，他又看到上海杨浦区高校聚集的实力，开创了创智天地项目。秉承同样的理念，他们还打造了一条集读书、艺术、音乐、戏剧、美食、美酒于一体的大学路，为青年学子、白领和普罗大众提供充满趣味与创意的生活空间，增强大家对生活的感受力。

再来看看外婆家餐饮集团的吴国平先生。作为土生土长的杭州人，吴先生对西湖的感情深厚，对于"秀色可餐"的领悟也非同一般。杭州和西湖的人文气息通过餐厅的设计装饰以及菜肴的烹饪得以传递，让全国人民都能享用杭州的美食，增加对生活的感悟。他开的餐馆花样繁多、老少咸宜。除了外婆家，还有你别走、宴西湖、杭儿风，等等，充分体现了他喜欢实验的玩心。最近，他又开始在山里建造民居，把儿时拥有的生活记忆通过建筑的方式保留下来。

具有罗康瑞和吴国平先生这般特质的人其实就是对"斜杠"一词的最好注释。多才多艺、身兼数职是他们的标志；人尽其才是他们的座右铭。"斜杠"们对生活充满好奇和热情，希望自己的每一分才华、每一点能力都创造出价值。因为"斜杠"的存在，生活不再千篇一律、索然无味；因为"斜杠"的折腾，世界更丰富多彩、龙腾虎跃。

　　也许是时候考虑成为"斜杠"了？

　　仔细想想，也许我们都已经是"斜杠"了？！

2018 年 3 月于美国西雅图，载于《管理视野》第 13 期

勾画北斗七星

在我幼年的时候，电风扇还十分稀有，更别说空调、冰箱了。所以每到炎热的夏日夜晚，我们就坐到院子里乘凉，一边听大人讲故事，一边看天上的星星。星星是水银色的，给人带来凉意，而且奇妙的是，越仔细看数量越多，然后思绪就飞起来了。在我们的想象里，某一部分的星星看起来像笨熊，另一部分的看起来像飞马，还有的看起来像天鹅……我们可以对着天空沉迷很久。

而创新的实质可能就潜藏在 connecting dots（在不同事物间发现关联）的能力中。可以在看似不相干的事物之间找到联系，在纷繁复杂的信息面前理出头绪，从平常的现象中观察到不寻常的蛛丝马迹，在最不经意的瞬间捕捉到灵感，在满天繁星中一笔勾画出北斗七星的轮廓，就是这种能力的体现。具备这种能力的个体和公司，创造出来的作品（如文字、绘画、影视）和产品（如电脑、手机、汽车、游戏）常常给我们带来耳目一新的感觉，并且刺激我们的思维和想象，让我们的生活和工作变得更有趣味。

　　具备这些能力 的个体可以是大学里的学者，也可以是创业者和企业里的管理者。他们身上有两个显著特征：一是对自己的领域充满激情，一说起来就眉飞色舞、两眼放光；二是对自己的领域有深入的思考和积累，已经想透了各个方面的可能性。这二者的结合让他们能够在不同事物间发现关联，从而看到具有意义和启示性的画面甚至理论。

　　而一个能够将个体的创意变成创新产品的公司，则具有另外一些特征。马化腾先生谈到腾讯在过去的 19 年中如何从一个模仿型的公司脱胎换骨，变成在全世界名列前茅的创新型公司的管理秘密。他的总结很精辟，比喻也很到位，就是几点：（1）创造平等开放的企业文化，采取自下而上或者团队决策的方式；（2）鼓励内部竞争机制，就像兄弟爬山；（3）容忍失败，允许适度浪费；（4）极度关心用户体验，不断寻找痛点进行治疗，不断改进产品服务；（5）让自己长成大树，然后影响周边的生态环境，创造森林，共同进化（co-evolution）。这里的最后一点，就是公司层面在不同事物间发现关联的能力。

　　希望大家也能够把阅读这些故事给你带来的灵感连接起来，从而拼出一幅让你自己惊喜万分的图片，激发出你对自己所从事工作的强烈热情！

2017 年 4 月于美国西雅图，载于《管理视野》第 9 期

第二篇

理性与感性

集体决策是大众的智慧
还是团队的陷阱？

俗话说，"三个臭皮匠，顶个诸葛亮"；俗话也说，"三个和尚没水喝"。虽然这两句俗话听起来自相矛盾，但其实各自表达了某种真理。那么究竟在什么情况下前者成立，在什么情况下后者又不幸存在呢？

如果我们将时间倒转 120 年，看一看当年英国学者高尔顿先生在逛庙会时做的一个小实验，也许会有所启发。高尔顿先生是著名的科学家和统计学家，就是他发现了正态分布曲线。当年他信奉精英治国理念，认为大众基本上属于愚昧之徒。为了证明自己的预言，那天在庙会上，他决定让大家买票来猜测一头活牛的重量，猜准的人可以得奖。他预计除了少数几个人，大众猜测的平均数值与真实数值一定相去甚远。一头活牛被带到了舞台上，800 人排起了长队，每个人将自己的姓名、住址、估算的重量写在票根上，交给高尔顿。高尔顿把所有的估计值记录下来，并做了各种统计运算。首先，他把数值从小到大排列，发现其呈正态分布；其次，他算出了平均值：1 197 磅。之后，这头活牛被屠宰、分割，并放到磅秤上称了实际重量。令他吃惊的是，这个重量是 1 198 磅，与预估平均值只有一磅之差！高尔顿后来在自己的文章中不得不承认大众的智慧，并且提出民主社会一人一票制度的合理性。

现在我们将时间倒转 60 年，来看看美国在肯尼迪时代发生的"猪湾事件"，就会发现非常不一样的结果——后来被称为决策的"群体盲思"现象。当时，做出入侵古巴决策的委员会成员观点相似，他们一致认为卡斯特罗政权已岌岌可危。在这个前提下，他们不愿意征求对此事心存疑虑的"外人"的意见，也没有征询美国中央情报局（CIA）的意见。虽然当时委员会中有两位成员心中有疑，但是看到其他成员的信心，也不敢发声，结果造成这次行动彻底失败。

在过去的半个多世纪中，心理学家对团队决策做了上千个实验和实地研究，发现了更多的集体决策走偏现象，但也总结出，要走出团队的陷阱，让大众的智慧在集体决策中胜出，必须满足以下四个条件：

第一，个体可以从不同渠道获得与决策问题有关的信息，这些信息可能不全面，也可能有偏向，但是它们可以被自由获得。

第二，参与决策的成员之间应该有较大的异质性，比如拥有不同的信息、采取不同的决策方式、拥有不同的知识专长、对事物的看法和观点不同。

第三，成员必须利用自己拥有的信息做出独立的、不受他人观点影响的判断和决策。

第四，不让这些成员在一起讨论，而是由另一个独立的机构或个体对每个人做出的独立决策／判断进行简单的数学运算。

总而言之，由同质性越低、独立性越强的个体所组成的团队，其做出的集体判断和决策就越能逼近真理；相反，同质性越强、彼此影响越严重的集体讨论出来的决策越可能导致群体盲思现象的出现。

所以我在此特别指出，保持信息的可得和个体的独立是大众能够产生智慧的重要前提；相反，一个人云亦云的社会最终将导致集体愚昧，与真理和真相渐行渐远。

2018 年 7 月于美国西雅图，载于《管理视野》第 14 期

信息控制、真相与团队决策

在美国的司法系统中，陪审团制度是一个重要的存在。陪审团有大小两种，大陪审团由 12 人组成，小陪审团由 6 人组成。任何一个成年美国公民都可能成为陪审团成员的候选人，但是最后是否能进入陪审团，则需要经过双方律师和法官的同意。采取的标准很简单，主要有两个：

第一，对案件一无所知，事先不了解任何信息；

第二，对案件可能涉及的问题无立场，具有客观中立的态度。

入选之后，所有陪审团成员无论学识背景、社会地位、性别年龄、颜值贫富，一律平等。虽然有一个主席（foreman），但这个角色也只是一个协调员并在最后宣读一下决议而已，没有凌驾于他人之上的任何权力。案件开庭之后，陪审团成员需要远离媒体，不在法庭之外涉足任何与案件有关的信息，而且自己也不能与外人分享任何有关信息，要绝对保密。这些成员在倾听、阅读了所有在法庭上宣布的信息和证据后，充分讨论辩论，有时长达数日或数月，最后必须在全体一致通过的前提下，才能做出对案件的判决。只要有一个人不同意，这个陪审团就成为悬挂陪审团（hung jury），不能形成决议（verdict），被起诉人无罪释放。

在我的研究生涯中，曾经有五年时间花在研究陪审团如何做决策的课题上。那时我刚到美国，特别好奇为什么不让专家学者或者权威人物组成陪审团去判断案件，而要用普通老百姓。后来发现该制度背后的一个重要假设，那就是，老百姓在掌握了相关的准确信息之后，依据常识做出的判断常常可能是最合理的。而这里的关键是准确信息的全面分享：大家在同一时间同一地点得到同样的信息（来自双方律师的辩词和显示的证据），去除先入为主的可能（事先对案件一无所知），去除由于主观偏好产生对某些信息的过度重视或轻视（事先无立场），从而做出客观公正、不偏不倚的判决。

之所以要所有参与决策的人在同一时间同一地点得到准确信息，是因为有诸多研究表明不这样做可能带来的决策偏差。让我们来看下面这个实验研究。

某公司的总经理最近跳槽，公司需要招聘一个新人来担任总经理。猎头公司物色了两个人选：A 和 B，并提供了两个人的背景信息。假设 A 总共有七条正面信息（a1, a2, a3, a4, a5, a6, a7），B 有四条正面信息（b1, b2, b3, b4），两人均无负面信息。招聘委员会由三位成员（X、Y、Z）组成，为方便起见，公司成立了三个招聘委员会，在委员会开会之前，每人得到的信息如下图所示：

	X	Y	Z
招聘委员会 1	a1,a2,a3,a4,a5,a6,a7 b1, b2, b3, b4	a1,a2,a3,a4,a5,a6,a7 b1, b2, b3, b4	a1,a2,a3,a4,a5,a6,a7 b1, b2, b3, b4
招聘委员会 2	a1, a2, a3, a4, a5 b1, b2, b3, b4	a1, a2, a3, a4,a6 b1, b2, b3, b4	a1, a2, a3, a4,a7 b1, b2, b3, b4
招聘委员会 3	a1, a2, a3 b1, b2, b3, b4	a1, a4, a5 b1, b2, b3, b4	a1, a6, a7 b1, b2, b3, b4

每人得到的信息

　　研究者预测，在招聘委员会 1 中，所有三位成员在开会讨论之前获得了关于两位候选人的所有信息，然后进入讨论做出决策，结果应该没有悬念，大家会选择 A 作为总经理。

　　在招聘委员会 3 中，每个人只获得了关于 A 的三条信息、B 的四条信息。因此在开会之前，他们单独做出的判断是应该选择 B。进入讨论之后，所有有关 A 的正面信息都会被披露出来，从理论上说，到最后大家会了解到 A 有七条正面信息，而 B 只有四条，因此也应该选择 A。

　　那么，招聘委员会 2 的情形又如何呢？每个委员会成员在讨论之前拥有 A 的五条正面信息和 B 的四条正面信息，事先很可能倾向于 A。虽然关于 A 的第五条信息每个人得到的内容不同，但讨论时所有信息都会被披露出来，最后大家应该看到 A 总共有七条正面信息，因此也应该选择 A。

在反复实验之后发现的结果是：招聘委员会 1 的所有成员的选择都是 A，招聘委员会 3 大部分成员的选择都是 B，而招聘委员会 2 的成员虽然多数选择了 A，但也有为数不少的人选择了 B。

为什么会出现这样的结果呢？研究者通过对招聘委员会讨论对话录音的分析，发现了与我们的直觉非常不同的原因。首先是"公共信息偏差"，也就是说，那些在大家讨论之前共享的信息（比如委员会 2 中的 a1—a4 和 b1—b4，以及委员会 3 中的 a1 和 b1—b4）在讨论过程中受到了大家的极大重视，常常被反复提及并讨论。其次是"先入为主偏差"，就是那些没有共享的信息（如招聘委员会 2 中的 a5, a6, a7 以及招聘委员会 3 中的 a2—a7）得不到大家的关注，常常是提出来之后就被束之高阁，最后没有成为小组决议的判断基础，因为它们与小组成员讨论之前做出的判断不一致。

从这个意义上来说，讨论前信息分布的状况会对最后的结果产生重要的影响。也就是说，假如上级领导想要操控信息，使招聘委员会做出他们想要的决策的话，只要事前对不同的成员披露不同的信息就可能达到目的。再说得明白一点，就是通过披露某些信息并隐瞒另一些信息，人们就可能根据已知的信息先做判断，形成先入为主的印象；之后，他们即使再获得与原先判断不一致的新信息，这些信息往往也得不到重视，被抛在一边，成不了最后决策的依据。这时，虽然判断已经距离真相比较远，但是决策者却茫然不知，还以为自己做出了最准确的判断。在这种情况下，不是判断者本身的能力问题，而是他们得到的信息导致了其判断的错误。信息本身以及得到信息的先后次序，都严重影响了最后判断的准确性。

因此，选择陪审团成员的两条简单基本原则就变得无比重要：事先一无所知、无立场；所有人在同一时间同一地点获得全部的信息和证据。

当然，陪审团是比较特殊的情形，常常关系到被告的性命，所以才要如此严格和绝对。在我们平日的决策判断中，这两个条件经常无法满足，那么公司的董事会、高管团队、招聘委员会等又如何做出偏差最小、最接近真相的判断和决策呢？

现在试想另一种情形，三个侦探要破一个谋杀案，他们各自掌握了三个嫌疑犯的一部分作案线索，必须合作把所有线索分享出来之后才能破案。在这种情况下，如果我们设立两个三人侦探小组，在保持信息分布相同的前提下，要求其中一个组通过分享彼此的线索，就最可能的凶手是谁达成共识；要求另一个组确认凶手，并列出证据。

实验结果显示，这两个小组做出正确选择的比例有显著差别。那个需要确认凶手的侦探小组，其破案的准确率（65%）远远高于只需要达成共识的小组（35%）。进一步的分析发现，需要确认凶手的侦探小组花在讨论非共享重要线索上的时间要多得多，而正是对这些线索的反复讨论和挖掘，提高了他们找到正确答案（即真凶）的可能性。

由此可见，假如在董事会、高管团队、招聘委员会开会之前把开会的目的定义为"解决问题"，而不是"达成共识"的话，就有可能避免"先入为主偏差"和"公共信息偏差"。

现在我们再设想另外一种情况，就是在小组成员中，有一个持不同意见者。这个人的意见可能错误，也可能正确。研究者发现，在这种情况下，与没有不同意见者的小组相比，异见持有者的存在会导致小组对不同信息讨论时间的增加，最后导致做出正确判断比例的提高。具体而言，在那个异见持有者的判断错误时，小组判断正确率的提高比例为21%；而在异见持有者的判断正确时，小组判断正确率的提高比例达到了58%！

由此可见，在开会之前如果有意见分歧者存在的话，对提高团队的决策质量也会有相当正面的影响！

不过，最有震撼力的是，在上述两种情形（解决问题导向，存在意见分歧者）下，只要在讨论之前不是所有信息都被所有成员共享，那么团队最后做出正确判断／决策的比例一定不及所有信息都被共享的情形。这从反面说明，信息屏蔽和控制的结果不仅会使人们远离真相，而且会严重损害高管团队的决策质量，把组织引向歧途。

————————— 参考文献 —————————

Stasser, G., & Titus, W. (1985). Pooling of unshared information in group decision making: Biased information sampling during discussion. *Journal of Personality & Social Psychology*, 48, 1467-1478.

Stasser, G., & Stewart, D.D. (1992). Discovery of hidden profiles by decision-making groups: Solving a problem vs. making a judgment. *Journal of Personality & Social Psychology*, 63, 426-434.

Schulz-Hardt, S., Brodbeck, F. C., Mojzisch, A., Kerschreiter, R., & Frey, D. (2006). Group decision making in hidden profile situations: Dissent as a facilitator for decision quality. *Journal of Personality & Social Psychology*, 91(6), 1080-1093.

2017 年 7 月于美国西雅图，载于《管理视野》第 12 期

学者的用武之地

在美国，每年有近 10 万人在排队等待肾脏移植，平均每个人等待的时间是 3.6 年。2014 年，有 17 000 多个肾脏移植手术成功举行，其中 11 000 多个器官来自死者的捐赠，5 500 多个来自活人的捐赠。

平均而言，每个月有 3 000 多新病人加入到排队的行列当中。然而差不多每天就有 13 名排队等待移植的病人尚未等到就离开了人世。2014 年，总共有 4 700 多个患者因没有等到可移植的肾脏而过世，另有 3 600 多人虽然等到了盼望已久的肾脏，却已经由于身体过于虚弱而无法接受移植。

人的生命无论年龄、性别、贫富、地位都同样珍贵，美国法律因此规定人体器官不是商品，既不可以定价，也不可以买卖。必须根据排队的先后来决定谁具有优先获得肾脏移植的权利。

然而，肾脏移植还有医学上的要求，需要血型的匹配和白细胞抗原（HLA）的匹配。而要找到这两个方面都匹配的肾脏难度常常极大。

有一位美国学者，长期以来从理论上研究非商品的市场机制和规则，提出了一种配对的算法，可以让非买卖、只能交换／互换的资源之配置和使用达到最佳的效率及效果。但是，这个理论能否付诸实施，来帮助解决肾脏移植中遇到的问题，却是一个未知数。他决定进行尝试，检验一下学者的理论究竟在实践中有无用武之地。

因为他的理论的前提假设是该资源可以被交换（虽然不能买卖），所以首先要做的就是确认法律允许肾脏进行交换。他在研读了相关法律条文之后，发现对于人体器官的交换一项，法律上没有明确说明。

大家知道，肾脏不同于人体其他器官的地方是，每个人都有两个肾脏，而即便只有一个也可维持生命。因此，如果有一个健康人愿意捐献自己的肾脏，肾脏移植就可能完成。

许多人，眼见自己的亲人身患重病，往往会愿意捐出自己的一个肾来挽救其生命，可是常常会由于血型不匹配或白细胞抗原不匹配而无法如愿。

想象还有另一家人，也面临相似的情况，亲人愿意捐赠自己的肾脏，却不能匹配。

但是，如果两家医院的医生发现，把这两个捐献者互换，就可以完全匹配患者的肾脏，那么是否可以告诉这两家人，让他们进行互换，并且做手术呢？

他提出这个设想之后，马上就与托莱多大学的肾脏移植名医联系，设计出具体方案使之变为现实。2007 年，经过八个月的筹划，通过美国六个州五个大器官移植中心的协调，十个肾脏移植手术终于成功得以完成，其中有五个移植手术是同时进行的，而另外五个则是在五个月内陆续完成的。链条模式的优越性和效率因此得到了明证。这位学者本人也因其对其他领域（美国医科学生实习院校选择配对）的市场设计的贡献而获得了 2012 年的诺贝尔经济学奖。他就是现在斯坦福大学任教的埃尔文·罗斯（Alvin Roth）教授。

由于这在美国 1984 年制定的有关人体器官移植的法律上是模棱两可的，因此这位学者就开始去国会游说。在他的不断努力之下，美国的相关法律条文终于在 2007 年得以修正并清楚界定：配对的器官交换属于合法范畴。

我们因此看到了这样的情况：两个病人，两位家属捐赠者，四个人同时开刀动手术，进行肾脏移植。手术结束，两家人皆大欢喜。

不过这样配对的情况发生的概率较低，而且实际操作起来也有相当的难度，因为必须同时、同地，在有同等数量的医生、病房，以及设备全部具备的情况下才能操作，非常复杂，能够拯救的病人的数量有限。

如何改变这种不理想的状况呢？这位学者继续努力，把自己在经济学里提出的配对理论应用到肾脏移植的市场设计（market design）上来。他发现如果存在一名非亲属自愿匿名捐赠者，而且该捐赠者并不指定被捐赠人（non-directed donor），那么就可以设计一个全新的模式来增加受益者，并且改变"患者－家属捐赠者"必须同时动手术的模式（patient-donor pair simultaneous model），变成链条模式（chain model），使移植手术可以按顺序在不同的时间段做，大大降低了手术的复杂程度。

我是在他 2017 年 5 月来华盛顿大学访问的时候认识他的，深深为他让自己的理论找到用武之地的举措所震动。而且更令我钦佩的是，他至今还在不断拓展这个链条模式，并把美国以外的医院和肾脏移植配对中心也纳入链条的范围，以此增加更多人配对成功的可能性，让更多还在排队的患者早日找到适合自己的捐赠者，降低死亡率。

我由此想到中国的一句古话，叫作"百无一用是书生"。如果像罗斯教授那样的学者可以算作书生的话，那么这句话实在是大错特错了。我衷心希望越来越多的管理学者用自己的理论和实践来证明这句古话的错误，我也以此自勉。

2017 年 7 月于中国上海，载于《管理视野》第 10 期

实验之美：简单透彻地揭示因果关系

对实验发生兴趣，还是当年我在杭州大学心理系读书的时候。那时有一门课叫社会心理学（social psychology），其实并不研究社会，而是研究个体以及个体与他人的关系。在这门课程里，所有关于个体心理规律和行为规律的揭示都是通过实验研究的方法来呈现的，因果关系确凿，让人非常信服。而且每个实验的场景不同、细节有异，而那些场景和细节的设置都是研究者针对具体的研究问题创造出来的，具有很强的原创性。在某种意义上，每一个实验的设计就是一次崭新的创造过程，就像写剧本一样，要能够让被试完全沉入其中，去扮演其角色而不自知，在我看来简直妙趣横生。

幸运的是，后来我如愿以偿地进入了伊利诺伊大学心理学系，并师从在社会心理学领域中鼎鼎大名的多位教授，如詹姆斯·戴维斯（James Davis）、塞缪尔·科莫利达（Samuel Komorita）、戴维·布德斯库（David Budescu）和哈里·川迪斯（Harry Triandis）。在读博的日子里，除了上课、小型研讨会和每周一次与导师和同事去酒吧闲谈，基本是数年如一日地待在实验室里，参与并主导了诸多大大小小的实验研究，取得了丰硕的研究成果，对人类的心理认知不断加深。从那之后，实验便成了我最喜欢的研究工具，仿佛融入了我的血脉一般，让我在思考任何研究问题时，都会情不自禁地想："我应该如何设计实验来回答我的研究问题呢？"

相对于实际的组织环境，实验室的环境十分单纯，但是必须具备让被试进入角色的元素。比如我们研究陪审团的决策行为，就需要编写脚本，写出起诉律师、辩护律师各自的辩词和证据，以及法官的提问和在法庭上的举止行为。这部分的内容由演员表演、录像，然后放映给所有前来参加实验的被试观看。在被试走进实验室的时候，我们就告诉他们在今天的实验中他们将要扮演陪审团（mock jury）成员的角色，让他们先看录像了解案情，之后做出个人判断和决策，再随机组成陪审团集体讨论，然后对被告是否有罪做出群体决策（verdict）。设置好这个陪审团的背景之后，我们根据研究问题设计每一个实验情景。比如我们的研究问题是：陪审团需要讨论的判决次序对最后的决策有什么影响？最简单的可以设置两个实验情景：（一）判决次序为，被告是否犯了一级谋杀罪？被告是否犯了二级谋杀罪？被告是否为正当防卫？（二）判决次序为，被告是否为正当防卫？被告是否犯了二级谋杀罪？被告是否犯了一级谋杀罪？

如果我们发现在实验情景（一）中的陪审团最后判决被告犯一级谋杀罪的比例显著高于实验情景（二）中的陪审团，那就可以得出结论：判决次序确实会影响陪审团的最后决策。如果两个实验情景中的陪审团在判决被告犯一级谋杀罪的比例上没有显著差异，但是在正当防卫的判决上，更多实验情景（二）中的陪审团赞同的话，也可以得出判决次序对陪审团最后的决策有影响的结论。而事实是，在戴维斯等（Davis, Tindale, Nagao, Hinsz, & Robertson, 1984）的研究中，确实发现相对于实验情景（二），在实验情景（一）中的陪审团对被告做出了更加严厉的判决。

在实验室中创造与现实高度类似的情景，使实验场景接近于基本真实（mundane realism），是实验室实验能够研究人的自然反应的重要特点。与此同时，实验又能够去除许许多多的无关噪音，把与研究相关的自变量加以突出、系统变形，从而把它（们）对行为态度的影响规律揭示出来。这是我喜欢实验这种研究方法的主要原因。而且，在经过将近 30 年的实验探索之后，我觉得几乎所有的管理问题，只要是与人有关的，都可能通过实验方法得到直接或间接的答案。

果真如此吗？希望我下面的文字可以说服你。

实验范式的创造

在研究个体和群体心理的实验中，心理学家们在经过反复的精打细磨之后，发明了对研究某一类问题的特殊实验范式（experimental paradigm）。这些范式被本领域的专家认可之后（认可常常以论文发表作为参考指标），如果你要研究的是同一类问题中的一个小小的变化，你就可以直接借用这个范式，只要对其中的细节做一些小小的调整以适合你的研究目的以及自变量、因变量的变化即可。实验范式的打造是一个长期的过程，需要经过多年的积淀，但一旦形成，不但能够为研究一类问题设定一个比较统一的规范，而且可以对不同实验的结果直接进行比较，更容易发现规律性的东西。

下面介绍几个比较经典的实验范式，大多都可以被借用到与组织行为相关课题的研究之中。

阿施（Asch）的从众实验范式

从众实验大概可以算是研究个体在群体之中如何行动的经典。当年（1951）阿施认为，美国人强调个体主义，从众的可能性比较小，尤其当需要判断的事物具有比较客观的标准时，更不容易人云亦云。为了检验自己的直觉假设，他设计了以下步骤。

首先，需要找到同谋来参与实验，这样就可以事先安排好人数以及该说的话或该表的态。他选择了四个同谋，让他们在被试来到实验室之前到达，并且告诉他们到时众口一词地说出错误答案。

其次，需要找到合适的工作任务，不应该太复杂，而且要有客观存在的准确答案。他决定选用线条长度判断的任务。选择一条中等长度的直线，然后提供三条长短不一的直线让被试判断哪一条与那条中等长度的直线长度相同。

需要系统性地改变群体样本的大小，以观察不同人数对从众可能性的影响。他选择从五人小组开始（四个同谋 + 一个被试），然后再系统改变同谋者的人数（从两个到十一个不等）。

采用这个范式做了一组又一组实验，他发现了令自己惊讶的结果，那就是，原来美国大学生并没有他想象中的那么独立！有 75% 的被试至少有一次跟从群体的错误意见，完全不受别人影响坚持自己正确判断的只有 25% 的人，绝对是少数而非多数！

虽然从众研究的目的是观察多数人对少数人的影响，但采用同样的范式，也可以研究少数人对多数人的影响。阿施后来又用此范式研究当实验同谋者中有一个人表达不同意见时，对最后那个真实被试的影响。这个不同意见可以是错误的、正确的，也可以表示沉默，结果他发现这个影响也是相当显著的。少数人的力量其实也是不可低估的。其他学者采用类似的实验范式研究从众现象，得到类似的结果（Allen, 1975; Allen & Wilder, 1980）。

后来其他的学者借用类似的范式在美国之外研究从众现象，也取得了很多成果，并且发现文化因素（比如个体主义或集体主义导向）对于从众现象出现的可能性确实有显著的影响。比如在日本这个集体主义价值取向比较强烈的文化环境中，当被试之间彼此不认识（都是陌生人）时，从众发生的可能性小于美国；但

在都是熟识人士的群体中，从众现象发生的频繁程度高于美国（Frager, 1970）。

斯泰瑟（Stasser）等人的群体决策实验范式

斯泰瑟当年（1980）师从戴维斯，算是我的师兄，虽然我入学的时候他已经毕业了，但后来我们在学术研讨会上以及戴维斯六十大寿的生日会上也算见面认识了。他几十年潜心研究群体决策，尤其是群体决策过程中成员之间的信息交流、分享对群体决策结果的影响。不过他没有沿用戴维斯的研究范式，而是在此基础上进行了自己的创造，相当精彩。

斯泰瑟最感兴趣的是群体成员在讨论之前所掌握信息的分布会如何影响他们在讨论过程中的行为，因为大部分人的直觉是，群体决策之所以优于个体决策，就在于集思广益，每个人把自己的知识和信息分享出来之后，再进行讨论就不容易走偏。为了系统科学地检验这个直觉假设，斯泰瑟设计了以下实验范式。

由三人组成一个小组，需要在一起经过讨论做一个集体决定，在两位候选人（A、B）或三位候选人（A、B、C）中选择一位来担任公司的总经理。

群体讨论之前：给每个小组成员提供这两三位候选人的信息。这些信息的内容、数量、重要程度等根据实验的目的决定。

群体讨论之中：根据研究的目的，采取自由讨论、结构化讨论等不同形式。但是整个过程会被记录下来（如录像、录音），以用作实验之后的文本分析。

群体讨论之后：让被试填写与研究目的和问题相关的测量量表，或者回忆讨论过程中分享的信息，以及现在自己对候选人的偏好。

他们的第一个实验是在 1985 年做的（Stasser & Titus, 1985），这是一个开创性研究，研究问题具有探索性：群体讨论的时候大家是否会分享并讨论所有的信息，并做出最优选择？虽然问题开放，但是他们设计的实验步骤却非常精细巧妙：

首先，确定两位候选人 A 和 B，关于 A 有七条正面信息，关于 B 有四条正面信息。

实验情景一：在讨论之前，三人小组中的每一位成员（X、Y、Z）都收到 A 和 B 的所有信息。

实验情景二：在讨论之前，成员 X 收到 A 的三条信息（a1, a2, a3）和 B 的两条信息（b1, b2），成员 Y 收到 A 的三条信息（a1, a4, a5）和 B 的两条信息（b1, b3），成员 Z 也收到 A 的三条信息（a1, a6, a7）和 B 的两条信息（b1, b4）。大家看到，虽然 X、Y、Z 收到的信息数量相同，但内容稍有不同。更重要的是，其中只有 a1 和 b1 这两条信息是所有小组成员共享的，而其余的信息都是不同的成员所独自拥有的。

实验情景三：在讨论之前，成员 X 收到 A 的三条信息（a1, a2, a3）和 B 的四条信息（b1, b2, b3, b4），成员 Y 收到 A 的三条信息（a1, a4, a5）和 B 的四条信息（b1, b2, b3, b4），成员 Z 也收到 A 的三条信息（a1, a6, a7）和 B 的四条信息（b1, b2, b3, b4）。在这个情形中，X、Y、Z 收到的信息数量相同，而且大部分信息共享（a1, b1, b2, b3, b4）。但是，关于 B 的正面信息（四条）多于 A 的（三条）。

被试在对这些信息进行阅读和思考之后，就进入会议室集体讨论这两位候选人。实验者在单向玻璃后面观察，同时对整个过程录音。讨论结束后，小组做出集体决策选择 A 或者 B 担任总经理。之后，小组成员单独填写问卷，回忆自己记得的关于 A 和 B 的信息，并把它们一一写下来。

大家可以想象，假如群体讨论能够充分分享信息的话，那么不管是实验情景二还是实验情景三，最后应该与实验情景一中的被试一样，所有成员都得到／掌握关于 A 和 B 的所有信息，即 A 的七条和 B 的四条正面信息，最后选择 A 做总经理。

但是斯泰瑟和同事发现，实际情况并非如此。首先，他们发现在群体讨论过程中，被反复讨论的信息基本都是那些共享信息，如 a1 或 b1；而独特的信息却没有被讨论太多。其次，虽然在实验情景一和实验情景二中，最后选择 A 做总经理的小组占了绝大多数，但是在实验情景三中，相当部分的小组选择了 B 做总经理。这是怎么回事呢？

基于上述结果，他们提出了信息抽样模型（information sampling

model）加以解释。就是说，那些被所有成员共享的信息，得到抽样的机会要多于那些只被个别成员掌握的信息，因此共享信息被讨论的概率会大大高于那些只被某个成员拥有的信息，从而使群体讨论聚焦在共享信息上，最后该信息在决策中的权重就会很大，致使群体决策往那个方向偏过去。

采用类似的范式，斯泰瑟及其同事和学生之后又把候选人的人数增加到三个，设计更多复杂的情景来重复检验信息抽样模型的预测以及所得结果的稳定性（Stasser, Vagughn, & Stewart, 2000; Stewart & Stasser, 1995; Wittenbaum, Hubbell, & Zuckerman, 1999），成果卓著。

为了充分发挥群体决策潜在的优势，提高大家分享每一条信息的积极性，斯泰瑟和同事们后来又设计了真相隐藏（hidden profile）范式（Stasser & Stewart, 1992）来研究任务导向（解决问题 vs. 取得共识）对信息分享程度和群体决策结果的影响。在这个范式里，通常的任务是要群策群力解决问题，比如破案，找出谋杀案的凶手；或者寻宝，在深山老林里找到埋藏了多年的宝贝。这时，群体成员各自掌握一些线索，如果讨论时某些线索被忽略，那么这个案子就破不了，或者宝贝就找不到。在这种情况下，与之前对某位候选人达成共识的任务相比，群体成员对各种信息的讨论更充分，大大提高了对独特信息的重视程度。这个范式发表之后，被后来的许多群体决策研究者借用，他们根据自己的研究目的，系统地改变一些变量（比如破案结果对个体还是群体产生影响），就可以用来研究个体的种种动机和行为了（Greitemeyer & Schulz-Hardt, 2003；Steinel, Utz, & Koning, 2010）。

社会困境实验范式

社会困境（social dilemma）实验范式是我个人在研究中使用得最多的一个，因为我长期以来对研究人类合作行为具有浓厚的兴趣（陈晓萍，2014）。社会困境大致有两种类型：一种是公共资源困境（commons dilemma；参见 Hardin, 1968），另一种是公共物品困境（public goods dilemma；参见 Olson, 1965）。哈丁著名的《公地悲剧》一文，从本质上揭示了公共资源困境的原因；而奥尔森的《集体行动的逻辑》一书，其实对公共物品困境做了最好的注解。这两种困境的表现形式不同，一种描述在面对免费资源的时候，巧取豪夺（即不合作）可以使个人利益最大化，但是会损害他人和集体的长远利益；另一种描述在需要创建公共物品，比如免费公园、图书馆、电视频道的时候，一旦建成，不为此捐款出力（即不合作）的人也可以享用，但是如果每个人都无所作为的话，那么这些公共设施根本不可能建成，对所有人都无益。然而这两种情形都包含了共同的性质：首先，不合作行为会给个人带来更多的利益；其次，如果人人都不合作，那么就会导致集体悲剧，而且最后个人也一起葬身其中。因此，这两种困境被统称为社会困境（Dawes，1980）。

在实验室里不可能创造如此宏大的社会现象，那么如何进行模拟呢？关键是要抓住现象的本质。经过多年的尝试、锤炼，多种范式被建立起来。研究公共资源困境的范式，主要由大卫·梅亚克及其同事创立（Messick, Wilke, Brewer, Kramer, Zemke, & Lui, 1983），我在本文中不再详细描述。研究公共物品困境的范式最后得到广泛应用的有两大类：一类是连续型公共物品困境范式（continuous public goods dilemma），另一类是台阶式公共物品困境范式（step-level public goods dilemma）。下面我主要描述连续型公共物品困境范式。

这个研究范式有几个要点：

首先，N 成员小组，每个成员在实验开始前被给予一定的资金禀赋（endowment）。

其次，这个小组设立了两个账户：集体账户和个体账户。投放到集体账户的资金会获得一定的利息，但是这个账户中的总钱数最后被所有成员平均分享。相反，投放到个体账户的资金得不到任何利息，但是最后被个体自己拥有。

再次，所有成员同时做单独、匿名的决策。

最后，每个成员参加实验的收入 = 个人从集体账户中分享的资金数 + 个人存放在自己账户中的资金数。

现在想象一个五人小组，每人获得 100 元的资金禀赋，集体账户的利率为 100%。把这两个参数放到计算公式中，大家可以看到，每个小组成员最后得到的收入不仅取决于自己的投资决策，而且还与其他成员的投资决策密切相关。很显然，这个范式体现了群体成员之间唇齿相依的关系（interdependence），与人类面临的现实十分相似。与此同时，对于每一个成员来说，把资金投放到个体账户的数量越多，最后的收入越高。但是，假如无人把自己的资金投放到集体账户，那么每个人最后的收入就等于资金禀赋值 100 元；而如果所有人都把自己的资金投放到集体账户的话，那么每个人最后的收入就会是资金禀赋值的两倍，即 200 元！

这个实验范式虽然抽象，但是却把社会困境的实质都包含在内了。而且更有意思的是，由于其抽象性，它可以代表的情景其实更多。我们可以把资金禀赋根据实验的目的和场景具象化，比如是成员的时间、努力、才能、技巧，等等；集体账户可以是公共广播电台（如美国的国家公共电台）或者公司联盟（corporate strategic alliance；参见 Zeng & Chen, 2003），也可以是团队的某个项目。公共物品建成的益处可以是物质的也可以是精神的，如此等等。我自己研究社会困境这么多年，有时会觉得几乎任何一种社会情景都或多或少地包含社会困境的成分，因此这个范式可以被应用到许许多多的管理研究场景之中！

比如研究奖励、惩罚制度以及道德呼吁对促进或削弱团队成员合作行为的影响时，我们就用了这个范式（Chen, Pillutla, &

Yao, 2009）。在其中一个实验中，我们设计了三个阶段的决策任务，分为四个情景。

情景一：（1）无奖励惩罚或道德呼吁；（2）奖励制度引入；（3）奖励制度撤出。

情景二：（1）无奖励惩罚或道德呼吁；（2）惩罚制度引入；（3）惩罚制度撤出。

情景三：（1）无奖励惩罚或道德呼吁；（2）道德呼吁引入；（3）道德呼吁撤出。

情景四：（1）无奖励惩罚或道德呼吁；（2）无奖励惩罚或道德呼吁；（3）无奖励惩罚或道德呼吁。

结果发现，在情景一、情景二、情景三的第二阶段，成员的合作程度显著高于情景四的第二阶段。但是在第三阶段，情景一、情景二的合作程度显著低于情景三和情景四，只有情景三中的合作量程度显著高于其他情景，并且高于自己第二阶段的合作程度。由此推导出来的结论是：奖惩制度对提高合作程度有显著的短期效果，但是一旦撤除，其反向效果极强。相反，道德呼吁的方式对促进成员的合作行为具有短期和长期的正面效果！

使用抽象模拟游戏来研究人类行为的实验范式还有许多（Murnighan & Wang, 2016），比如终极游戏（ultimatum game）实验范式，用来研究公平意识、情绪反应、权力影响和回报行为非常合适（Chen, Chen, & Portnoy, 2003；Pillutla & Murnighan, 1995, 1996）。

再比如信任游戏（trust game）实验范式（Berg, Dickhaut, & McCabe, 1995），对于研究人类的信任（愿意让自己处于弱势并相信别人不会因为自己的弱势地位而占自己的便宜）十分有效。有兴趣的读者可以阅读相关文献，在此不一一赘述。

实验设计的要诀

既然实验研究如此美妙，我们又该如何入门呢？除了推荐大家去阅读有关实验设计的教科书章节（陈晓萍、徐淑英、樊景立，2012），我在本文中还会介绍下面几个要诀：

随机化（randomization）。随机化是实验最美妙之处。因为随机化，我们就不需要担心被试的个体特征、实验时间、实验者、实验场景（自变量以外的因素）等潜在因素对结果的影响。随机化需要在实验的每一个步骤中得到体现：（1）在广大的被试库里，随机选择被试前来参加实验；（2）在一个特定时间段，随机选择一个实验情景（如果是 2×2 的设计，那就是四个情景中的任何一个）作为当时的实验条件；（3）如果有若干个实验者，在某个实验情景中，随机选择一个实验者；（4）在实验过程中，确保所有的程序标准化并且实施到每一个实验情景中。严格按照这样的随机化取样过程得出的实验结果应该具备很强的因果关系可信度，即每个实验情景结果的不同是由自变量的不同而引起的，与其他任何因素都没有关联。

组间（between-subjects）、组内（within-subjects）设计。组间设计指的是自变量的变化通过让不同的被试处在不同的实验情景中来呈现，这样，每一个被试都只经历一种实验情景，由于随机化，虽然是不同的被试处在不同的实验情景下，但我们可以忽略被试之间的不同，推导出实验情景导致结果不同的结论。组内设计指的是让同一个被试处于不同的实验情景中来看不同实验情景对被试行为的影响。在这种情况下，随机化的操作是实验场景出现顺序的随机化。也就是说，对某些被试，一种场景出现在另一种场景之前；而对另外一些被试，是另一种场景出现在前。这样，我们也可以推论出某个实验场景是如何影响被试行为的，因果关系也可以建立。组间设计和组内设计各有优势，组间设计的最大优势是因果关系更清晰，但是需要的被试数量较多；组内设计的优势是需要的被试数量较少，但是一个被试先后经历两种以上的实验情景，因果关系的推导相对要弱一些。

对照组或者控制组（control condition）。不管是组间设计还是组内设计，必须有对照组作为比较的基础才能使因果关系的推论更加可靠。所谓的对照组，就是维持自然状态，不施加任何与自变量相联系的实验处理（experimental treatment）情景。比如在斯泰瑟 1985 年的实验中，实验情景一就是一个对照情景，用来映射出实验情景二和实验情景三（在信息分布进行操控之后）对信息分享和决策结果的效果。而在陈晓萍等（2009）的第二个实验中，情景四就是一个对照情景，而且有意思的是，由于这个实验本身兼有组间设计和组内设计的元素，情景四既成为组间设计的对照情景，又承担了组内设计对照情景的角色。

自变量之间的独立性（orthogonal）、操控检验（manipulation check）。实验设计的另一个要诀是要保持自变量之间的独立性。如果一个实验只有一个自变量，这个要诀便不适用。但是，许多实验会研究两个或更多的自变量，这时，就要特别注意这一点。如果两个自变量之间可能有关联，那么就不适合把它们放到一个实验中去操控。比如要研究职位高低和工作任务不确定性对工作主动性的影响，如果职位高低与任务不确定性之间完全没有关系，那么这两个自变量就可以分别被操控，然后看它们各自（main effects）或者结合起来（interactive effects）对个体工作主动性产生的效应。但是仔细思考一下，我们也许会发现其实这两个因素本身就存在着内在联系，因为职位高的工作所面临的不确定性通常要更大一些。这样就不能把它们当作两个自变量来进行研究了。

实验研究的创造性常常体现在对实验变量的操控上，因为对同一个变量的操控可以通过多种途径来实现。比如要创造集体认同的感觉，可以让一组被试身穿蓝色服装，另一组被试身穿黄色服装；可以告诉一组来自北京大学的被试说另一组的学生来自清华大学，或反过来；可以让被试带上自己的朋友组队；还可以让一组陌生人进行几分钟的破冰练习，等等。但是这些操控究竟在多大程度上可以引发集体认同感，则需要进行检验（manipulation check），通常是通过事后问卷的方法。通过检验，实验者也可以发现哪种操控激起的认同感更强或更弱，从而选择最合适的操控手段来达到检验假设的目的。

实验的局限性

在描述了如此多关于实验的优越性和趣味性之后，有必要讨论一下实验的局限性。与其他研究方法相比，实验研究有几个显著特征：

首先，实验的被试常常是本科生，其年龄和教育程度的特征很难代表整个国家的人口学特征。从这个意义上来说，根据大学生样本总结出来的结论是否适用于其他样本（比如组织中年龄更大或学历更低的人）就是一个问题。

其次，实验室的情景人工化痕迹严重，现实逼真性再强，被试也知道自己是在做实验，因此其行为反应的自然性和真实性可能会打些折扣。这个问题在情景实验中特别突出，因为情景实验通常让被试"想象"自己在那个描述的情景中会做出什么反应。想象情景中的反应一般没有直接的后果，因此和真实情景有更大的距离。在此情景中出现的行为反应在多大程度上可以拓展到其他现实场景中去，也是值得思考的问题。

最后，实验进行的时长也有相当的局限性。一个典型的实验一般在一个小时之内完成，因此，要研究长期效应几乎不太可能。这个局限也许可以通过进行现场实验来克服，比如在某公司随机选择三个部门，在彼此不知晓的情况下，检验不同的奖励制度对部门成员个人工作绩效和团队工作绩效的影响，可以在一个星期、一个月、一个季度之后进行观察考核。当然，这种现场实验在时间间隔期内，可以有许多其他的事件发生而影响工作绩效，因此，因果关系的直接推论相对而言会弱一些。

这些年我做过的实验

要把这些年我做过的实验都写出来，恐怕至少需要一本书的篇幅！在本文的范围内，我就先做一个笼统的描述，然后详细描述一下我最近在创业者激情领域做的实验研究。

团队成员的合作－竞争（cooperation vs. competition）行为实验。我个人研究生涯中最早令我着迷的研究领域就是社会困境，以及处于这种困境中的个体的行为选择和动机。在这个领域我做过许许多多的实验室实验，已经归纳在《走出社会困境：有效诱导合作的心理机制》（陈晓萍，2013）一书中。有兴趣的读者可以阅读该书。

回报行为（reciprocity）的实验研究。回报是人类社会中最普遍存在的交往法则之一。"投之以李，报之以桃""滴水之恩，当涌泉相报""君子报仇，十年不晚"，等等，都是在民间广为流传的人际交往信条。人类的报恩和报仇两种动机都十分强烈。为了研究回报行为的跨文化差异，尤其是在陌生人与朋友之间对于报恩、报仇行为上的差异，我们设计了实验室研究。在这个实验中，我们使用了终极游戏，但对此游戏进行了拓展，以使其符合我们的研究目的。

通常的终极游戏只有一轮，就是两个随机分配在一组的被试（A、B）要分 100 元。规则如下：A 先提议如何分，比如 99 元给自己，1 元给对方；或者 50 元给自己，50 元给对方；或者 10 元给自己，90 元给对方，等等，怎么分都可以。B 收到 A 的提议后，需要做一个决定：接受或拒绝。如果接受，那么 A、B 的报酬就按照提议的来分；如果拒绝，那么 A、B 的报酬皆为 0。

为了研究回报行为，我们在 B 做决定之后，增加了一轮新的游戏。也就是说，这时 B 成为提议者，而 A 成为决定者。这样一来，我们就可以通过提议者提出的分配方案（给对方的比例大小）来操控大方或小气的行为，从而观察决定者的行为（接受还是拒绝）以及在自己变成提议者的时候，会提出什么样的比例去回报。我们用这个实验设计系统操控了提议者的提案（20%，30%，40%，50%，60%，70%，80%），发现了相当有意思的研究结果。一个结果是，在面对 20% 的提案时，与美国被试相比，中国被试接受来自朋友的小气分配（20%）的程度要高得多，表明中国人更容忍来自朋友的小气行为（Chen, Chen, & Portnoy, 2009）。但是我们也发现一些没有文化差异的相同结果，比如大家都认为 50% 的提案更公平，而在提案为 70% 时，被接受的比例也与 50% 时无显著差异，反映了一种以自我为中心的回报心态（egocentric reciprocity）（Chen, Eberly, Wu, Bachrach, & Qu, in press）。

关系（Chinese guanxi）的实验研究。中国人的关系是我研究的另一个领域。关系这个概念复杂，现象更为神秘，因此不管是做理论研究还是做实证研究都有相当的难度。所以一开始我不愿意涉足这个领域。但后来由于偶然的机缘涉猎了已经发表的文献，才发现自己有为此类文献做出贡献的很大空间，才决定认真研究中国人的关系。

我和陈昭全合作，先后一起撰写了三篇理论文章（Chen & Chen, 2004; Chen & Chen，2009; Chen, & Chen, 2012）和一篇综述（Chen, Chen, & Huang, 2013），把关系研究向前推进了一程。但实证研究怎么做一直是困扰我的一个问题，如果直接到公司里去询问同事之间或者上下级之间的关系好坏，然后预测其对工作结果各方面的影响，最担心的便是人们因为其敏感性而不愿意分享这方面的信息。怎么办呢？我和彭泗清讨论之后，觉得用情景实验（scenario experiment）的方式会比较合适，因为这样既不涉及隐私，又能够使被试有代入感。于是我们设计了与研究问题（同事间的关系好坏是如何发生变化的？）密切相关的实验情景，并且让被试想象自己与自己的关系对象（工作中的真实同事）发生了这样的事件（促使关系恶化的事件，或者进一步加强关系的事件），之后，产生什么样的反应，并如何重估彼此之间的关系好坏。我们发现了非常有意思的结果，那就是，事件发生后当事人的反应与两人间原本的关系亲密程度有关：假如原来两个人的关系十分亲密，那么加强关系事件的发生并不会显著提高其亲密程度；但假如原来两个人的关系比较疏远，那么此类事件的发生就会显著提高其亲密程度。相反，对于原来关系十分亲密的同事，恶化关系事件的发生会显著损害二人的关系亲密程度；但对于原来关系比较淡薄的同事，其伤害程度则没有那么显著（Chen & Peng, 2008）。这个结果虽然来自情景实验（纸上做的），但还是在很大程度上反映了现实的情况，具有真实性和普遍性。

最近我和其他同事开始进行组织中上下级关系以及朋友关系的实验研究，既有使用情景实验范式的，也有使用真实的实验室实验的。我们的设计都非常巧妙，在此先暂时保密。

创业者激情实验（entrepreneurial passion）。对创业者激情这个课题产生兴趣，与我工作和生活的地点分不开。大家知道，西雅图是太平洋岸边的一个中型都市，风景优美，人杰地灵。而更令人刮目相看的是这个城市的创业氛围，因为这里诞生了许多世界一流的公司。最著名的有波音（Boeing）、微软（Microsoft）、星巴克（Starbucks）、亚马逊（Amazon）、好市多（Costco）、帕卡（Paccar）等。有趣的是，不管是创建微软的比尔·盖茨，还

是创建亚马逊的杰夫·贝索斯，抑或是创建星巴克的霍华德·舒尔茨、创建好市多的吉姆·辛内加尔，尽管他们从事的行业不同，个人的性格特点迥异，但是他们在谈起自己的企业时，却都是两眼放光，滔滔不绝，极富激情。但是激情到底在多大程度上会影响到创业成功与否呢？这个题目很大，自变量与因变量之间的跨度也很大，而且可以想象创业成功与否的影响因素可谓成千上万，大到经济环境，小到创业启动资金的获得，创业团队的才能，公司产品或服务的新颖程度、定价、广告，等等。为了简化问题，我们决定专注于一点，那就是在创业开始阶段，创业者在宣讲创业计划书的时候表现的激情对其募资、融资的影响。是不是越有激情的创业者从风险投资（VC）那儿募资的效果越好？

带着这个问题，我们进行了文献检索和讨论，但发现几乎没有先例可循。这个领域的研究几乎是一张白纸，我们正好可以画最新最美的图画！于是，我们先界定创业者激情的内涵，认为应该包含两个方面：情感和认知。激情在情感方面的表现是一说起自己充满激情的想法、人或事，就会充满了积极的情感体验，感到兴奋、激动、开心、向往，而这些情感体验的外在表现就是眉飞色舞、手舞足蹈、喜笑颜开、高亢激昂。同时，激情在认知方面的表现则是脑袋里会不停地思考自己将要开始的创业，关于产品的、资金的、市场的、人员的种种方面，以及自己的产品所在领域和行业的发展状况、竞争对手、挑战机会，等等，都会不断地去搜集信息、思考分析，并且寻找相关人士咨询，找到令人满意的答案。而认知激情的外在表现就是创业计划书本身的质量，包括数据的翔实程度，分析的专业到位程度，对未来远景预测的合理程度，以及在回答 VC 的问题时是否有理有据、有条不紊、逻辑清晰、深思熟虑。我们因此开发了自己的量表来测量 VC 在听取创业者介绍自己的创业计划时感知到的激情，分为两个方面：情感激情和认知激情。

接着我们设计了 2×2（创业者的激情表现：很强、很弱；创业计划书的品质：很高、中等）的实验。因为我们学院每年都举行创业计划大赛，因此不需要我们自己撰写创业计划书，只要选择现成的就行。我们为实验选择了两个品质不同的创业计划书，品质高的那个是在去年创业大赛中获得第一名的项目；品质中等的那个是获得第八名的项目。而关于如何体现对激情的操控就相对复杂一些，我们需要用同一个人去表现激情的程度，以排除由于演讲者的个体因素（如性别、长相、年龄、穿着打扮）而引起的体验差异。我们决定招募一位年轻的男性演员来完成这个任务，因为在历年的创业大赛中，男性创业者占了大多数。没想到招聘广告发出之后的二十四小时我们就收到了将近八十份简历，令人惊叹！大部分应聘者都是业余演员，本职工作基本为本地高科技公司的职员。在面试了多位候选人之后，我们录取了其中一位，并让他录制了四个时长八分钟左右的录像来表现四个实验情景。之后我们随机选取这些录像，把它们放映给正在选修创业课程的 MBA 学员观看，让他们想象自己是一个 VC，正在寻找投资项目。他们看完后，填写我们的激情问卷，并且做出是否投资的决定。

这个实验的结果是，认知激情对 VC 的投资决定有显著的正面影响；但是，情感激情却没有对 VC 的投资决定产生任何显著影响（Chen, Yao, & Kotha, 2009）！这个结果与我们事先对于情感激情的假设大相径庭，但却非常有意思，促使我们思考背后的原因。反复思考之后，我们提出了两个解释：

首先，VC 是理性之人，他们投资的资金数量一般较大，而且主要目的是追求高额回报，因此注重创业计划的实质内容，却会忽略创业者的情感表现。

其次，有经验的 VC 常常是某个方面的专家，具有较强的能力判断某个创业计划实现的可能性，因此不容易被情感表现糊弄。

为了对这两个解释的有效性进行验证，我们决定在另外一个情景中研究创业者激情对募集资金效果的影响。这个情景便是现在飞速发展的互联网众筹平台，如 Kickstarter 和 Indigogo。在这样的平台上，创业者介绍自己的产品项目，通常使用一个三分钟左右的视频展示，并配有文字说明。他们在平台上写出自己的众筹目标，比如 5 万美元或 10 万美元，并且设定众筹的时间长度，比如一个月或三个月。创业者也会建一个问答栏目，观众有问题时可以提交，创业团队进行回复。项目从上平台这一天开始，就会时时刻刻更新数据，比如目前已经集资多少元，有多少个观众自愿给了资助，离收标还剩多少天，等等。众筹平台上的观众与VC特别不同的就是两点：第一，他们的投资数量很小，10元、20元皆可，主要目的不是投资挣钱，而是觉得项目有趣好玩，能拿到一个样品也是一件乐事。第二，他们常常不是投资专家，不具备判断创业计划有无实现可能的能力；相反，他们往往只是外行，比较容易凭借感性认识来做投资决定。因此在遇到充满激情的创业者的时候，容易受到感染而采取行动。

根据上述判断，我们设计了一个实验来检验我们的理论，那就是：众筹平台上创业者的情感激情表现会影响到观者的情绪体验，从而点燃他们的激情，并促使他们采取行动，如点赞、转发给朋友、直接捐资（Li, Chen, Kotha, & Fisher, in press）。我们进一步假设，项目本身的创意大小会调节观众体验到的激情和他们投资决定的关系：创意深厚的项目，会增强投资意向；创意淡薄的项目，则会削弱投资意向。我们因此采用了 2×2 （创业者在视频中表现的激情：强，弱；项目的创意：浓，淡）的实验设计，并且招聘了演员来扮演创业者，且表现出激情的不同程度。项目创意这一变量的操控相对较简单，我们在众筹平台上选择了两个我们认为很有创意和两个创意不明显的项目，让学生观看并给出关于创意的评价，最后从中选择了一个很有创意（微波炉消字笔记本）和一个无甚创意（手提电脑的支架）的产品作为我们的实验产品。演员对这两个产品分别进行了充满激情和比较呆滞的演讲，生成四种实验情景，对应于四个三分钟的录像。然后我们随机选择 MBA 学员观看其中一个录像，并且评价观察到的创业者激情、他们自己体验到的热情、他们感觉到的产品的创意，以及愿意转发视频的程度和投资意向。

我们对实验操控进行检验，发现两个自变量的操控都十分有效，而且它们之间彼此独立，没有显著相关的关系。我们接着进行方差分析，结果表明在众筹平台上，创业者表达的激情对观众的转发意愿和投资意向都有显著的正面影响。而且，产品的创意确实能增强激情的效应。我们的理论因此得到了完美的实证支持。

结语

走笔至此，我相信读者已经对实验室研究产生了极大的兴趣。大家在自己的下一个研究课题中，不管涉及管理的哪个领域，都可以想办法加入一个实验来检验现象背后的原理机制，以增强因果关系的推论。试一试吧，希望你也能发现实验的妙趣横生！

───────── 经典书籍推荐 ─────────

陈晓萍，徐淑英，樊景立（2012）.《组织与管理研究的实证方法》[M]. 2 版.
北京：北京大学出版社.

陈晓萍（2013）. 走出社会困境：有效诱导合作的心理机制 [M]. 北京：北京
大学出版社.

Cosby, P.C., & Bates, S. C. (2015). *Methods in Behavioral Research*. 12th edition. New
York: McGraw-Hill Education.

───────── 参考文献 ─────────

Allen, V. L. (1975). Social support for non-conformity. In L. Berkowitz (Ed.),
Advances in Experimental Social Psychology,8,1-43.

Allen, V. L., & Wilder, D. A. (1980). Impact of group consensus and social support on
stimulus meaning. Mediation of conformity by cognitive restructuring. *Journal
of Personality and Social Psychology*, 39, 1116-1125.

Asch, S. E. (1951). Effects of group pressure upon the modification and distortion
of judgment. In H. Guetzkow (Ed.), *Groups, Leadership, and Men*. Pittsburgh:
Carnegie Press.

Berg, J., Dickhaut, J., & McCabe, K. (1995). Trust, reciprocity, and social history.
Games and Economic Behavior, 10, 122–142.

Chen, C. C., & Chen, X. P. (2009). A critical analysis of guanxi and its negative
externalities in Chinese organizations. *Asia Pacific Journal of Management*, 26,
37-53.

Chen, C. C., Chen, X. P., & Huang, S. S. (2013). *Guanxi* and social network research:

Review and future directions. *Management and Organization Review*, 9(1), 167-207.

Chen, X. P., & Chen, C. C. (2004). On the intricacies of Chinese guanxi: A process model of guanxi development. *Asia Pacific Journal of Management*, 21 (3), 305-324.

Chen, X. P., & Chen, C. C. (2012). Chinese *Guanxi*: The good, the bad, and the controversial. In X. Huang & M. Bond (Ed.), *Handbook of Chinese Organizational Behavior: Integrating Theory, Research, and Practice*, 425-435, Edward Elgar Publishing Limited.

Chen, X. P., Eberly, M., Wu, K.K., & Bachrach, D. (in press). Egocentric reciprocity and the role of friendship and anger. *Journal of Social Psychology*.

Chen, X. P., & Peng, S. (2008). Guanxi dynamics: Shifts in the closeness of ties between Chinese coworkers. *Management and Organization Review*, 4 (1), 63-80.

Chen, X. P., Pillutla, M., & Yao, X. (2009). Unintended consequences of cooperation inducing and maintaining mechanisms in public goods dilemmas: Sanctions and moral appeal. *Group Processes and Intergroup Relations*, 12(2), 241-255.

Chen, X. P., Yao, X., & Kotha, S. (2009). Passion and preparedness in entrepreneurs' business plan presentations: A persuasion analysis of venture capitalists' funding decisions. *Academy of Management Journal*, 52 (1), 199-214.

Chen, Y. R., Chen, X. P., & Portnoy, R. (2009). To whom do positive norm and negative norm of reciprocity apply? *Journal of Experimental Social Psychology*, 45, 24-34.

Davis, J. H., Tindale, R. S., Nagao, D. H., Hinsz, V. B., & Robertson, B. 1984. Order effects in multiple decisions by groups: A demonstration with mock juries and trial procedures. *Journal of Personality and Social Psychology*, 47, 1003-1012.

Dawes, R. M. (1980). Social dilemmas. *Annual Review of Psychology*, 31,169-193.

Frager, R. (1970). Conformity and anticonformity in Japan. *Journal of Personality and Social Psychology*, 15, 203-210.

Greitemeyer, T., Schulz-Hardt, S. 2003. Preference-consistent evaluation of information in the hidden profile paradigm: Beyond group-level explanations for the dominance of shared information in group decisions. *Journal of Personality and Social Psychology*, 84(2), 322-339.

Hardin, G. (1968). The tragedy of the commons. *Science*, 162, 1243-1248.

Li, J., Chen, X. P., Kotha, S., & Fisher, G. (in press). Catch fire and spread it: A glimpse into entrepreneurial passion in crowdfunding campaign. *Journal of Applied Psychology*.

Messick, D. M., Wilke, H., Brewer, M. B., Kramer, R. M., Zemke, P. E., & Lui, L. (1983). Individual adaptations and structural change as solutions to social dilemmas. *Journal of Personality and Social Psychology*, 44(2), 294-309.

Murnighan, J. K., & Wang, L. (2016). The social world as an experimental game. *Organizational Behavior and Human Decision Processes*, 136, 80-94.

Olson, M. (1965). *The Logic of Collective Action*. Cambridge, MA: Harvard University Press.

Pillutla, M. M., & Murnighan, J. K. (1995). Being fair or appearing fair: Strategic behavior in ultimatum bargaining. *Academy of Management Journal*, 38, 1408–1426.

Pillutla, M.M., & Murnighan, J. K. (1996). Unfairness, anger, and spite: Emotional rejections of ultimatum offers. *Organizational Behavior and Human Decision Processes*, 68(3), 208-224.

Stasser, G., & Titus, W. (1985). Pooling of unshared information in group decision making: Biased information sampling during discussion. *Journal of Personality and Social Psychology*, 48, 1467-1478.

Stasser G., Stewart, D.D. (1992). Discovery of hidden profiles by decision-making groups: Solving a problem vs. making a judgment. *Journal of Personality and Social Psychology*, 63, 426-434.

Stassor, G., Vagughn, S., & Stewart, D. D. (2000). Pooling unshared information: The benefits of knowing how access to information is distributed among group members. *Organizational Behavior and Human Decision Processes*, 82(1), 102-116.

Stewart, D. D., & Stasser, G. (1995). Expert role assignment and information sampling during collective recall and decision making. *Journal of Personality and Social Psychology,* 69(4), 619-628.

Steinel, W., Utz, S., & Koning, L. (2010). The good, the bad and the ugly thing to do when sharing information: Revealing, concealing and lying depend on social motivation, distribution and importance of information. *Organizational Behavior and Human Decision Processes*, 113, 85-96.

Wittenbaum, G.M., Hubbell, A. P., & Zuckerman, C. (1999). Mutual enhancement: Toward an understanding of collective preference for shared information. *Journal of Personality and Social Psychology*, 77,967-978.

Zeng, M. & Chen, X.P. (2003). Achieving cooperation in multi-partner strategic alliances: A social dilemma approach to partnership management. *Academy of Management Review*, 28(4), 587-605.

载于《管理学季刊》2017 年第 1 期

公正的维护

一个组织要创造并保持公正的氛围，需要建立一个生态系统。以美国的大学为例，除了各种制度的设计、标准的制定、程序的建立，还有一系列的机构和部门专门负责处理投诉，进行调查、诊断、处理，以确保在目前的体系之下，大学里的每一位成员都受到了公平的待遇。这些机构在大学层面包括监察办公室（Office of the Ombud）、大学投诉调查解决办公室（UCIRO）；在学院层面有由院领导组成的顾问委员会（Advisory Committee），有人力资源部，还有多元和包容委员会。任何人，不管是老师、学生还是行政人员，只要认为自己受到了歧视或不公平待遇，就可以投诉。如果对学院层面的解决方案不满意，还可以投诉到学校层面，当然也可以直接投诉到学校层面，甚至学校之外的法律机构。

这个生态系统的存在非常重要，但对管理者提出了很高的要求，也带来很大的挑战。首先是管理者设计的制度本身必须不包含任何不公正的元素，而且必须得到大家的认可和接受。其次是在制度执行的过程中必须没有偏差，保持相当高的一致性。每一个做出的决定都要有据可依，有理可循。更难的地方是，这意味着在每天的工作中，管理者要时刻注意自己的一言一行，不让任何人产生不被尊重或者不公平的感觉，否则就会面临被投诉或被起诉的可能，遭到很大的麻烦和困扰。

虽然我自己一向谨慎，严格按照程序和标准处理问题，并对每一次谈话或会议保持详细记录，但也遇到过投诉。一次是在当系主任的时候，系里有一位年龄较大的女教员（part-time lecturer），因为学生对她的评价低，被我找到办公室里谈话。本来是很平常的事，但没想到她却说我找她谈话是因为她是女性，是我对女教师的歧视，因此投诉到了大学监察办公室。我当时觉得很奇怪，我自己也是女教师，为什么会歧视她呢？逻辑上不通啊。可是我必须拿出证据才能证明。碰巧的是，那个学期总共有三位教员表现较差，另外两位都是男性，我也找他们谈过话，而且保持了所有的邮件和笔记记录。我就把这些证据放在一起，和院长一起去监察办公室说明情况，最后被判定不存在性别歧视。

但是在我担任副院长之后，又遭遇了一次投诉。那是在 2017 年给老师做出加薪决定后不久。那天突然收到来自学校 UCIRO 的邮件，说我们学院的女老师 M 投诉了我，表示她的薪水远远低于同等级别的男老师，是学院对她性别歧视的结果。这封邮件让我大吃一惊，之前因为这位老师的工资问题，我已经和她交谈数

次，而且也提交到学院的顾问委员会讨论数次，并且最后给她加了薪，她怎么还要投诉我呢?

我迅速回顾了一下此事的来龙去脉:

1. 我和这位老师完全不熟悉，因为她不是我们系的，而且不是常任轨教师，只教课而已。但是她在学院已经工作了将近30年，资历很深。在美国的大学，资历深的一个坏处就是工资相对来说比较低，因为新来的老师通常按市场价付薪酬，但一旦在一个学校待下去不动，每年工资增长的比例常常远低于市场价增长的比例，所以时间越长，离市场价越远。显然，这位老师与同等级别但资历更浅的老师相比，工资水平要相对低不少。

2. 据这位老师所在系的系主任反映，她近年来的教学水平每况愈下，按照学院的绩效标准，最多只能得到普涨的工资比例（一般为2%），而不可能得到优秀绩效的加薪比例（4%—5%）。但是在这位老师的不断抱怨下，学院在过去五年中不顾她的低绩效，已经给她加了两次薪，每一次的涨幅都在10%，她因此成为全院加薪比例最高的人。但系主任说，最近M又开始抱怨自己工资低，要求继续加薪。系主任觉得自己无法应对，因此让她直接来找我（副院长）商议。

3. 我收到了M要求面谈的邮件，立即回复可以，并确定了见面的时间和地点。

4. M如约来到我的办公室，我耐心倾听她的陈述，并详细做了笔记。我了解到，M 觉得不公平的主要原因是另外一个和她同级别的男老师，刚进来时工资就比她的工资高出近 50%。但是她不知道的是，这位男老师每年都获得优秀教学大奖，而且因为家庭原因，在上个月已经提出离职，因此他的工资不能再成为合理的比较对象。与此同时，与 M 同系的还有另外两位男老师，比她晚 20 年进系，级别和她一样，工资只比她高 20% 左右。我就把这些情况告诉了她，她一时没有反应过来。我说没有问题，我会将她的请求提交到顾问委员会上去讨论，委员会做出决定后会告诉她。

5. 在开会之前，为了把情况搞清楚，我搜集了过去三年来三位老师（M 和其他两位男老师）的绩效信息和加薪信息，包括每门课程的学生评价分数，把它们列在同一张表格里进行对比，以便大家做出公正合理的判断。带着这些信息到会上，我们进行了将近半个小时的讨论，结果发现，在考核的每一个维度上，M 的绩效都显著低于其他两位老师，实在无法给她进行特别加薪，否则对别人不公平。于是我们决定当年不给她加薪，但是如果第二年 M 的绩效有进步，我们会重新考虑 M 的加薪事宜。

6. 会后我立刻发邮件给她，约她见面，她如约而至。我请她坐下，然后把我们搜集到的数据和信息与她分享，并且向她陈述了我们做决定时采用的标准和逻辑。她听后，似乎理解又似乎不理解，但没有问任何问题。我以为她理解了。

7. 过了十几天，我突然收到 M 的邮件，她表示对顾问委员会的决定不服，希望我能够再次将此事提交到顾问委员会进行讨论。我回复说可以。

8. 再次讨论之后，我们决定给她加薪！不是因为重新评估了她的绩效，而是觉得不给她加薪可能给我们带来更多的麻烦（诸如投诉或者起诉）。权衡了一下，认为还是加薪省事。我当时认为这样的屈服是不应该的，我们应该坚持标准。于是我表示自己保留意见，但会把委员会的决定传达给 M。

9. 会议结束后，我就把这个加薪的决定告诉了她，认为她应该高兴，立刻接受。没想到过了几天都没有回音。担心她没有收到我的邮件，我让他的系主任去确认一下。M 终于回复了，说她出去度假了，但是这个加薪的决定她不会接受，因为加薪幅度达不到她的期望。而且她说自己已经与学校有关部门联系了，要等与该部门的人士交流之后再决定。我们的沟通到此结束。

可是现在接到了学校的调查通知，我应该怎么办呢？

因为这个决定是集体做出的，我立刻向院长和人力资源部主任请教，他们都说我没有做错任何事，不知 M 为什么要投诉我。与此同时，他们认为我不必担心，如实反映情况就是。我自己也这样认为，于是就安静等待学校的调查员前来找我谈话，了解情况。奇怪的是，该调查员迟迟没来找我，但是却对顾问委员会中的其他成员一一进行了访谈。等待了两个月左右，终于等到了调查员的来访。

调查员是一位三十多岁的女性，态度很温和、很职业。她强调自己的职责就是调查，会尽可能全面仔细地了解信息，不带任何主观立场。她预约了两个小时的时间，把整件事情的每个细节都问了个遍。我事先已经把所有的相关材料都发给了她，但她还是要我回忆所有细节，并且补充任何额外的材料。我觉得她很敬业，而且这些细节她可以用来反证别人已经和她聊过的内容，多方取证，如果有说法不一的地方，可以提供调查的线索。但是，这件事情对我们参与其中的人都是脉络清晰的，而且都有文字材料的记录，所以应该不存在任何破绽。我当时脑子里出现的句子是"身正不怕影子斜""白天不做亏心事，半夜敲门心不惊"。我们行得正，而且我们的目标也是要实现公正，与她所在部门的目标一致，因此我们应该是同盟，而不是对立的。我心中坦然，在访谈过程中把我们做决定时的标准、依据、步骤一一陈述清楚，她做了详细记录。

结束后，她说我是她的最后一个调查对象，回去之后她就会把整个卷宗都交给她的上司，由上一级的主管对此事做出决断，然后分别告知 M、我和学院院长，最多一个星期就可以结案。

一个星期后，我果然收到了来自 UCIRO 的邮件。他们的结论是：不存在任何歧视嫌疑。此事终于顺利了结。

又过了一个星期，M 的系主任告诉我 M 已主动提交退休申请，结束她在商学院 30 年的教学生涯。

这件事情前前后后花了六个月的时间，耗费了不少人的精力。虽然如此，我还是觉得设立这些部门是使公正得以贯彻到位的重要环节，让整个系统形成闭环。组织公正有两种：程序公正和结果公正。在程序公正的情况下也有可能发生某些人认为结果不公正的情况，正如 M 的感受。但是我们最终的目标是让每个人都觉得结果也是公正的。利用投诉的系统来搜集员工认为结果不公的信息，应该可以促使组织重新审视现有的制度和程序，发现问题并找到解决措施以维护组织的长期公正。

2018 年 1 月于美国西雅图，载于《管理视野》第 13 期

新任院长是怎么诞生的?

正如 CEO 是一个企业的灵魂人物一样,院长就是一个学院的精神领袖。这个人选如果不当,会对整个学院的发展和未来产生巨大的负面影响。可是,一个现任院长就是再出色,也有卸任的那一天,因此,甄选新院长的工作就变得十分重要。

2017 年我所在的华盛顿大学的法学院院长换届,我作为招聘委员会成员,有幸全程参与了其新院长的甄选活动,目睹了美国研究型大学新任院长的诞生过程,对其公正性、公开性、保密性、包容性和多元性都有很深的感触,在此分享借鉴。

招聘新院长的第一步是成立一个校内招聘委员会,同时确定一个校外的猎头公司,之后二者紧密合作,步调一致,积极配合,历经 9 个月的时间,直到选出新院长为止。

校内招聘委员会成员的选拔包含几个部分。(1)该委员会的主席任命。通常由校长指定大学中另外一个学院的院长担任。这次的主席是药学院的院长。(2)由校长邀请若干名来自法学院之外的副院长或教授担任委员会成员。因为这是一项耗时的工作,被邀请的教授如果因工作或研究繁忙，可以选择不参加；如果答应，那就要全程参与。我在收到邀请函的时候犹豫了一下，但后来觉得这是一个观察学习的好机会，而且也能间接为法学院的未来做一点贡献，就同意了。（3）该学院内部的各方代表。比如正教授代表、副教授代表、助理教授代表、讲师代表、学生代表、行政人员代表、校友会代表、学院顾问委员会代表等都需要在委员会中出现。这样一加起来，整个招聘委员会就相当庞大，将近20人！

学校请的猎头公司是业界著名的专门负责美国大学各级领导层招募的 IM 公司。该公司非常专业，有擅长不同领域的顾问和研究人士。比如在法学院这一块，主要由六位专职人员负责。他们为美国的各大法学院招募院长，因此非常熟悉法学院这一领域的院长候选人的潜在人选。他们对有些人甚至到了了如指掌的地步，因为这些人之前曾经被其他法学院详细考察过，也都是他们经手的。就在为我校法学院招聘的同时，他们还在为其他四所美国大学的法学院招聘，显然有些候选人同时在几所大学应聘，他们也知道这些信息，但需要对我们这个委员会保密，我们便也不问。

第一次招聘启动会议是在 2017 年暑假（7 月中旬）召开的，由校长亲自主持。主要的目的有几个：（1）全体招聘委员会成员与猎头公司成员见面认识；（2）校长布置此次法学院院长招聘的任务，并授权药学院院长全权负责；（3）分清招聘委员会与猎头公司各自的职责；（4）请所有委员对已经草拟的院长岗位说明书提出修改和完善意见；（5）鼓励所有成员积极提名该职位的候选人；（6）强调对所有会议讨论的内容加以保密，开会中使用的文件和个人笔记开完会不得带走，全部统一销毁。

之后招聘委员会主席就整个招聘流程和时间表进行了描述。首先，猎头公司需要在开学初对学院各个部门的人士进行深度座谈，了解每个部门的现状和对未来院长的期许，以充实完善院长岗位说明书的内容。定稿之后，猎头公司把正式的招聘广告发布出去（通过网站、报纸等），并开始接收申请者的资料。这部分工作需要在 10 月份之前完成。

深度座谈会开了整整一天，我全程参加，基本上是每个小时与一组不同的院内人士进行面对面的交流，大家畅所欲言，分享自己的观察或体验，指出问题，分析原因，并且描述自己心目中理想的院长特征、品质和能力。我印象最深的是学生组的座谈，每个学生都是有备而来，发言时充满激情，慷慨陈词，不愧是未来的律师。他们的发言表现出了现在的学生对课程设置、就业困难以及学院的愿景与实践脱离的思考；同时也显现出许多学生在高压下精神即将崩溃的迹象。另外一个让我印象深刻的是与教授、讲师的座谈，因为这一块是我自己主管的领域，所以我特别想知道法学院的状况。不过，法学院比我们商学院的规模要小

1/3，他们没有分系，整个招聘、考核等事项都集中在学院，因此院长的权力就相当大。当他们提到有几个教授的招聘就是院长直接决定的时候，我差点被吓到，因为这完全不符合学校的规定，而这居然发生在本应最遵纪守法的法学院！呵呵，这是怎么回事？

结果一天座谈会开下来，我对法学院的内部管理状况有了深刻的了解。虽然华盛顿大学法学院在全美的整体排名还不错，但往里深入一看，显然问题多多，需要一个既有远见又有相当执行力的领袖人物来当新院长才行。而且这个新院长必须在法学界拥有良好的声誉，能够内外都镇得住——对内能够管理有序，对外能够赢得人心，使校友愿意为学院的未来发展慷慨解囊。

这个人在哪儿呢？10月初招聘委员会与猎头公司成员开会，对已有申请者的名单、潜在候选人的名单以及每位候选人的背景资料进行详细讨论。开会之前主席把这些资料都上传到一个安全的网站，我们需要输入密码才能登录查看。会议整整开了5个小时，讨论了近60位候选人。讨论时，猎头公司的成员先对候选人进行介绍，然后请所有成员敞开提供额外信息。有些不能到场的人，就通过电话连线参加会议。整个讨论非常紧凑、热闹，有的候选人是大家熟悉的，因此还有轶事可以分享。全部过了一遍以后，每个人先自己决定肯定不合适的候选人，然后讨论形成共识。最后我们一致决定保留40人进行进一步的电话访谈。在原来的 60 个人中，女性和少数族裔的比例接近 40%；在最后确定的 40 个人中，我们发现这个比例没有显著变化，就放心了。此外，我发现这些候选人中只有一位是目前在该院就职的教授兼副院长（internal candidate），其余的全部来自外校，包括数位其他大学法学院的现任院长、副院长、教授，甚至还有几位其他大学的副校长，等等。

进一步的电话访谈工作全部由猎头公司承担，因为他们是局外人，立场更中性客观。这次访谈的主要目的是进一步了解候选人的背景、求职动机、对华盛顿法学院的了解、对西雅图的了解以及对院长这个职位的真实兴趣。这些资料搜集齐备后，形成文字档案，上传到那个安全的网站上，供所有委员会成员阅读查看，为下一次会议精选人员（short list）做准备。有趣的是，在这段时间里，有一次我偶然在学校的一个会议上巧遇法学院的那位现任副院长，就顺便问了她对未来院长的期许，没想到她当即表达了自己想当院长的强烈愿望。此外，我还转收到一个法学院前校友对另一位候选人的强烈支持信。我没有回复，只把它当作额外的信息。

两个月之后，我们召开了第二次长达 5 个小时的会议，针对余下的候选人进行更进一步的全面深入讨论。有意思的是，这一轮电话访谈后，有十几位候选人自动退出了，其中包括好几位我们原来非常看好的。退出的原因多种多样，多为私人原因。于是我们就对还在榜上的候选人进行了更全面深入的讨论。整个讨论过程中大家随时提问、畅所欲言，气氛既严肃又轻松。因为我自己也是局外人，而且对所有的候选人都不熟悉，所以大部分时间都是作为听众，但听完之后对每位候选人就形成了一定的看法和偏向。最后每位成员单独匿名投票，得票数最高的 12 位候选人名单由此生成。

对于这 12 位候选人，我们需要对他们进行所谓的机场面试（airport interview）。其实不是真的在机场里进行面试，而是让他们飞过来（大部分在外州），住在机场附近的酒店，然后我们去酒店面试他们。具体的安排是对于每位候选人，至少有 3 位委员会成员与他面谈，并做笔录。这些笔录经过整理之后会上传到那个安全的网站上，供所有成员查看、研究。那是 2018 年 2 月中旬。一个星期后，所有的成员再次开会进一步交流信息和看法，最后定出一个更短的候选人名单，邀请他们做校园面试（campus interview）。

这是非常关键的一步，上不了这个名单的人最后一定不可能成为新院长。我们经过热烈讨论之后进行投票，最后有 6 个人上了这个名单，但是其中却没有现任副院长！委员会主席表示，虽然这个消息对现任副院长可能是个打击，但是他会勇于承担告诉她这个负面消息的责任，而不让她蒙在鼓里。

委员会主席的另一个职责是与校长沟通每次会议的结果。校长在此之前的步骤中基本不表达自己的想法和观点，以免影响委员会的独立判断，但是在最后到底邀请几个人来校园面试上，校长表了态，只邀请前四名，其中一名女性（某大学副校长）、一名非裔男性（某大学法学院副院长），两名白裔男性（一名为某大学法学院院长，另一名为某大学法学院副院长）。

这样确定之后，学校才在官网上公布了候选人的名单，以及面试的具体时间和地点。每位候选人的面试都历时两天，强度很大。候选人首先要做一个公开演讲，这个演讲全校每个人都可前去旁听。之后要与法学院的各个部门和群体（教授、员工、学生、校友等）分别进行座谈，接受大家的各种提问，当场即兴作答。他们也要和校长、副校长、招聘委员会主席有个别的交谈时间和共进早餐或午餐的时间。在这个阶段，委员会成员的任务就是去听公开演讲，以及报名与候选人共进晚餐。我那段时间特别忙，因此只听了两位候选人的演讲并与之共进晚餐，结果发现就是晚餐时间候选人也不断被提问，其实根本无法好好用餐，时刻都得处于紧绷状态。对于那两个我听不了的演讲，之后我在学校网站上可以观看视频。我在全部观看完毕之后，向委员会主席报告了我的选择和排名。这个阶段我们不再投票，只是发表意见而已，最后的决定由校长做出。

有意思的是，我最看好的两位候选人中，一位在我们校长最后做出决定之前宣布退出，原因是她刚刚接受了另一所大学给她

的新院长职位，而另一位则没有被校长选中。最后选上的院长（非裔男性）我没有机会当面认识，但是从各方的意见来看，此人深得法学院各界人士的支持。校长选他应该说是遵从了民意。

公开、公正、透明、包容的原则在这次法学院新院长的选拔过程中得到了充分的体现。虽然我花了很多时间参与，并且最后的人选不是我最欣赏的，但我也不觉得自己有什么可以抱怨的地方。这大概就是民主制度最突出的特点吧！

2018 年 5 月于美国西雅图，载于《管理视野》第 13 期

公司与员工的关系：怎一个情字了得？

自古以来，人类就存在七情六欲。但是在早期的管理学教材中，只有从"欲"的角度研究激励员工的理论，而看不到一丝对"情"的阐述。人们不仅对情置之不理，而且认为在工作场所"情"根本就是不应该出现的东西。不要把情绪和感情带到工作中来，就是管理人员经常挂在嘴边的口头禅。

可是，不予理睬既不能消除情的存在，也不能阻止情对工作所产生的影响。这也是近二三十年来越来越多的管理学者、实践者关注和研究"情"的原因。那么什么是情呢？一个含义是情绪（emotion），即一个人的喜怒哀乐；另一个含义是情感（feeling），即一个人的爱恨情仇。如果忽略了员工的情绪和情感，又如何来引导、管理好员工的情绪，使它发挥积极的作用呢？

其实，许多工作的性质都对员工有情绪表现的要求。比如，面对顾客的服务员，就应该始终面带微笑，表现出积极的情绪状态，无论自己当时的情绪体验有多沮丧、难过。这样的要求后来被称为在体力劳动与脑力劳动之外的第三种劳动，即情绪劳动。情绪劳动有两种状态：浅层表演和深层表演。浅层表演的通俗说法就是"装"。但是，长期靠装来表现积极情绪，对人的消耗可能会很大，严重时可以让人情绪失调甚至精神崩溃。怎么办呢？

我们对情绪劳动这个主题进行了深入挖掘：海底捞的员工为什么能够发自内心地面带笑容？迪士尼的演员为什么看上去那么由衷地喜悦？星巴克的伙伴们为什么那么开心地工作？京东的快递员为什么那么真诚地为你着想？他们是如何调节自己的情绪从而进行"主动深层表演"的呢？

如果认真地思考，你会发现两个重要答案。首先是员工对顾客产生深刻的同理心，能够对顾客的情绪感同身受，从而体验到共同的情绪，主动站到对方的立场解读分析问题。其次是员工从内心深处感受到公司和领导对他们的真情，从而把这种真情传递到顾客那里。

由此可以看到一个良性的循环反哺系统：公司真情对待员工，员工真诚对待顾客，顾客真心享受公司的产品和服务，从而成为忠实的粉丝客户，为公司的长期生存和发展奠定基础。这正应验了星巴克的"快乐回报"（Return of Happiness）原则：公司让员工快乐，员工让顾客快乐，快乐的顾客每天回来喝咖啡，公司的快乐就能永存。

问世间情为何物？与生俱来的情绪和情感也。

他的画与世界无关

三年前在上海，偶遇凡·高的画展，算是幸运。如此触动灵魂的 3D 多媒体画展，还是第一次体验。最近又有关于凡·高的电影上映，可见这个世界上有多少凡·高的粉丝，想还原这个天才的所思所想，带我们走进他的感官视野和灵魂深处。

我自己对凡·高的入迷始于初中，主要是因为阅读了他的传记。那时自己还有点懵懂，但是对凡·高的生平还是震惊不已。可能因为那本书上没有插画，所以我并无对其疯狂才华的印象。而如今我更能体会到他内心极度的孤独和痛苦，以及他内在的才华爆发出来的巨大能量。

他的画作前无古人，都是他亲眼看见（而别人却看不见）的图景。这些图景不是现实的直接反映，而是经过他的眼睛和大脑加工过之后的现实描写。他内心燃烧的烈火全部展现在画布上：火焰般起舞的金色向日葵，布满天空仿佛眼睛一般的星星，似乎要燃烧的田野和天空，在别人看来就是疯狂，但对他而言则是正常景象。但就是在这样不被世人理解的孤独之中，他依然不可遏

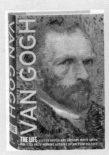

《凡·高传》和凡·高自画像

制地作画；就是在精神病院里，也无法停止。

这种发自灵魂深处的创作是他生命的一个组成部分，与世界无关，只与他自己有关。这样的状态，除了凡·高，几乎没有一个艺术家企及过。

我在漆黑一片的展厅中静坐良久，不同的画面从各个角度飞过来的时候，伴有不同的音乐，有的激昂（小提琴），有的低沉（大提琴）。看见星星从上空滑落下来，同时又从四面八方飘飞过来的时候，让人产生灵魂出窍的感觉。

看见凡·高的点彩自画像，一幅一幅，从左面的屏幕、右边的屏幕、上面的屏幕、下面的屏幕不断呈现出来的时候，他严肃的表情、痛苦的表情抑或麻木的表情充满整个展厅，让人感受到他曾经经历的内心世界。突然就有一种贴近的感觉，仿佛自己也

凡·高作品

融入了那个艺术世界中，每一丝灵魂都被触动了。

其实，我的写作也可以只为了自己，与世界无关。

2017 年 12 月于美国西雅图

记忆是连接身体和灵魂的桥梁吗？

一

得知父亲患上阿尔茨海默症，是 2015 年的 3 月末。虽然每一年我们都回家看望父母，也发现父亲的记忆一年不如一年，但是因为每次停留的时间短促，终究没有觉察其严重性。直到妹妹告知有一天父亲一人走失，半夜不归，家人集体外出寻找无果，才知道他病情已经很深。后来还是九堡派出所打电话给家里家人才知道父亲竟然连夜奔走，从杭州市中心抵达郊区的九堡，最后晕倒在地，被人发现才送到派出所。那可是几个小时的长途跋涉，他老人家竟然毫无知觉！

4 月份，我一人回杭州探望，发现父亲已经不认识我了。他与人可以勉强对话，性情依然随和，但是有时仿佛不在现实而回到从前，大多是在浙江美院工作和在南山路居住的日子。他会突然讲出许多与那时的生活有关的话，并把周围的人都当成是那时的人。这种疾病是如此可怕，一点一点蚕食人的记忆，到最后空

白一片。

一个人失去记忆，连自己的亲人也认不出来，是一种怎样的体验（或者没有体验）？人生的本质究竟是什么？除了当时的生活状态，其实就是记忆吧。记忆是过去生活的浓缩，就像精炼的果粉，或者压缩过的食品，只要加上水，就可以重新鲜活地展现自己曾经经历过的岁月。这种鲜活里面，同时包含认知和情感的成分，思维和思想、情绪和感觉，都能够再现。

因此，当一个人没有记忆的时候，一个人最本质的东西是否就不存在了？想到父亲一辈子经历过那么多事，对我们子女有过那么多鼓励和教诲，但现在跟他说，他都想不起来也听不明白的时候，我心中的悲痛和无奈实在难以用语言表达。用"大恸"二字也许接近。有一刻，感觉自己几乎崩溃了。

二

那次探亲，我想办法尽量多花一些时间和父母待在一起，并和妹妹一起陪他们去了花港公园。正是杨柳吐絮的季节，春光明媚，春风拂面。就是住在杭州，他们也有十多年没有到花港了。想当年我们住在南山路的时候，几乎每天晚饭后都会去对面的柳浪闻莺公园散步。那时我还是初中生，每天散步的时候我们就谈论各种各样的人和事，发生在美院的、我妈的小姐妹们的，以及我的同学的，等等。仔细回想起来，我好像从来没有出现过青少年反叛期的行为，长期以来都与父母友好相处。我们也常常在周末去杭州的各个公园玩，有时请人帮我们拍照（那时家里没有相机）。可是现在父亲基本上不认识他周围的人了，我们只是在一起观景，欣赏公园里的一草一木，却无法再进行真正的对话。

然而我发现父亲的听力十分发达。他的眼睛二十多年前患上了白内障，手术后一直恢复得不太好，因此视力不佳，走路，尤其是走台阶时需要十分小心。也许是这个缘故，听力反而好了。我们坐在出租车上时，收音机里播放的内容，父亲基本都会跟着复述。有一天早上醒来的时候，突然想到，也许我应该录一些声音，把我书中讲到的有关家人的故事朗读出来，每天录一段，然后发给他听，这样他就能知道我们的生活。记不住没关系，每天听一点就像每天生活的一个部分一样，是不是能使他的生活质量更好一些呢？

三

一个人的身体、记忆、灵魂之间有什么样的联系？记忆是连接身体和灵魂的桥梁吗？趁着有记忆，多留一些文字的记录，让自己在失去对身体的掌控和记忆的时候，还有灵魂存在的可能，这是我应该做的事情吗？

四

关于失去记忆与一个人的生活意义的问题，一直困扰着我。从父亲的角度，他记不得过去的事情，只活在当下，每一分钟都是现在进行时，不想过去，不思未来，未尝不是令人快乐的事。从我的角度，这个曾经在我生命中有过重要影响的人，如今不认识周围的人了，甚至不知道我是谁。我和他之间究竟还有怎样的联系？他究竟是谁？回到生命的本体，除了记忆，还有别的东西可以帮助我们鉴别自己的身份吗？

偶然在《华尔街日报》上读到一篇短文谈到身心、物质和个体身份（personal identity）之间的一个研究结果。什么东西可以定义个体的存在？是记忆、知识、才能，还是一个人的品性和为人？如果是记忆、知识和才能，那么当一个人得了"失忆症"，即阿尔茨海默症的时候，这个个体就渐渐地不存在了。但如果是个体的为人，因为失忆并不会剥夺一个人的道德水平和品性，所以这个个体依然存在。本性善良的个体在得了失忆症之后，言谈举止依然体现出善良（我觉得父亲就是那样），那么善良作为该个体的明显特征还能够表现，他就仍然是有生命意义的个体。

该研究选取了两组病人作为被试，一组是阿尔茨海默症患者，另一组是前额创伤患者。前组患者的记忆、知识丧失，但心性不改；后组患者的记忆、知识没有变化，但是性格、情绪和行为有了较大的改观。通过一年的跟踪，由照顾这些患者的子女或配偶填写问卷，记录他们对患者多方面变化的观察，并询问在多大程度上这个人还是原来那个人。结果发现，对个体的总体判断其实很少取决于其记忆和知识，而在更大程度上取决于其性格和行为。

这个结果让我原本绝望的心得到一丝安慰。即使失去记忆，父亲依然是父亲，他的言行举止表现的还是我熟悉的那个父亲。

阿尔茨海默症可以夺去记忆，但夺不去个体的道德品质和为人。

2017 年 12 月于美国西雅图

癌症凶猛，人坦然

两个星期前，我的同事 Kathy 突然去世，让大家心里都觉得没有着落。她 2017 年被诊断出癌症（早期），没有特定器官指向的那种，接受化疗后身体明显好转，休假三个月后，这个学期回来上班，教授一门国际金融的课程。我在学院开会时见过她几次，因为化疗，头发没有了，所以头上包着花布，看上去是癌症病人的模样。我们交谈了几句，我发现她精神状态还不错，原以为再过几个月她就能全面康复，没想到三周前再次复查时，医生却告知她癌细胞已经扩散至全身，完全无望。Kathy 决定放弃住院治疗，回家度过生命中最后的日子。结果回家两天之后，就撒手人寰。

那天是个星期五。我得知消息时，几乎目瞪口呆。"癌症凶猛"四个字就这样浮现在我的脑海中，挥之不去。太快了，太快了，一个人的生命竟然如此脆弱！Kathy 还不到六十岁，是我进学院工作时为数不多的已经获得终身教职的女教授。我们长期以来都很投契，彼此的办公室也相隔不远。想想从此走廊里再也见不到她的身影和笑容，不禁泪流满面。

更让人不踏实的是，她的家人决定在她去世一天后就举办追悼会。又是这么快，大家连个准备的时间都没有！而且那个星期天我事先已安排了活动，根本无法参加追悼会，心中难过不已。那天大雪纷飞，开车在路上时我一想到 Kathy 就悲从中来。后来得知，因为 Kathy 一家是犹太人，他们的习俗是人死后二十四小时就得入土为安，所以追悼会必须在那个星期天举行。

猝不及防的离世，迅速仓促的追悼会……死亡居然让人如此措手不及！怎么办啊？我和学院里的同事聊了之后，大家都有同感，仿佛一个句子还在逗号状态，等待被画上句号。商讨之后，我们决定在学院再开一个追思会，让同事和学生都有表达缅怀之情的机会，让 Kathy 的思想、人格和精神遗产有一个总结和安放的场所。于是在上个星期四，我们终于在学院开了一个追思会，回顾 Kathy 一生的成就和贡献。

正是在这个追思会上，我对 Kathy 有了更加全面深刻的了解，因此更加崇敬钦佩她。她是斯坦福大学的 MBA、芝加哥大学的经济学博士，曾经有在海外工作的经验，视野广阔，对金融问题分析透彻，常常一针见血。她在 MBA 课堂上用现实的活案例（live case）教授重要概念，是个创新之举。更让学生铭记不忘的是她的教学风格。"Intimidating"（有震慑力）是学生所用的形容词。她提问的时候直视你的眼睛，仿佛 X 光机，一眼就能把你看穿。

你答不上来时，她会继续提问，直到你老实告知自己准备不足，自惭形秽。这样的课程难度和压力都很大，但是几乎每个学生都说上她的课是一种享受，因为能够逼迫自己努力学习，充分准备和思考，课程结束时感觉收获巨大。这也是 Kathy 获得学院最高水准的 Paccar 教学大奖的原因。她自己在教学上的投入不仅是脑力上的，也是心力上的。在弥留之际，她最放心不下的就是这个学期上了她一半课程的学生是否因为她的离世而得不到学分。当系主任告诉她已经安排其他老师接任的时候，她才松了一口气，仿佛此生无憾了。

Kathy 对待同事却好像另外一个人，总是温和体贴，从来没有咄咄逼人的时候。她曾经是我们全球商业中心（Global Business Center，GBC）的主任，花了大量的时间把中心的远景战略制定出来，成功获得美国教育部支持国际商学研究的基金，成为全美国为数不多的得到美国教育部资助开展国际商务教育和研究的商学院之一。她还招聘了许多尽职的人士，成为他们的职业导师，亲自培养他们。这个中心在过去 20 年不断发展，每年举办全球案例竞赛，组织地区案例比赛，支持学生出国交换或短期访问，已经有 30% 的本科生参与了出国交换，大大开阔了学生的国际视野。

我和 Kathy 最早的交往就是在 GBC 的活动上，因为我的研究涉及跨文化管理，所以也积极参加中心的活动。我们在一起讨论过许多活动的计划和安排，她总是循循善诱，非常善解人意。那时我刚生了小女儿，她说自己的小儿子刚一岁，对我不能参加晚上的活动等非常理解。若干年后，她的大儿子也上了杜克大学，虽然那时我大女儿已经从杜克大学毕业了，但我们都成了有子女在杜克大学上学的家长，又多了一种联系。不过我不知道的是，她的小儿子得了一种两眼视力不协调的病，给学习带来了很大的困难。而她在这些年里，一直耐心地鼓励小儿子，为他寻找治疗疾病的方法，终于使他在 2017 年基本康复，顺利上了大学。

另外有一件让我感慨的事，就是 Kathy 在得知自己得了癌症之后，在别人都很紧张的情况下，她反而是坦然的。听说在开始化疗之后，她就和先生 Roger 商量决定，公开自己的病情，并且创办了一个网站专门讨论癌症的治疗问题。他们比较亲近的朋友和同事都参与了，大家提了各种各样的建议。其中有一个是和使用大麻有关的。因为在华盛顿州大麻的使用是合法的，所以有朋友建议 Kathy 用大麻解除痛苦。Kathy 在网站上表示，她会认真思考这个建议，并且询问哪里的大麻质量好、价钱便宜、地点近、供货足，等等，几乎是带着一种幽默的口吻，仿佛在讨论一件轻松愉快的事情。而 Roger 每天描述和报告 Kathy 的身体状况，具有相当的文学水准和超脱的态度。他们似乎都是平和的、不把自己看得太重的人，对生命的态度相当积极，但又并不拘泥。在我们的追思会上，Roger 也来了。但他没有发言，只默默坐在一

边，静静倾听一个又一个的学生、同事上去讲述 Kathy 对他们的影响和意义，以及他们对 Kathy 的思念。我发现他十分平静，平静地接受还在悲痛中的同事对他表达的哀悼和祝福。

为了表示纪念，学院成立了以 Kathy 命名的奖学金，并将用 Kathy 的名字命名一间教授办公室。Kathy 将永远与我们同在。

2018 年 3 月 8 日于西雅图—北京飞行途中

孤独的至美境界

一个人　　　　　One person

两架秋千　　　　Two swings

在空中等待　　　Waiting in the air

你来，或者不来　You come, or not

我都会上去　　　I will climb on it

把秋千荡到飞起　and swing it to the sky

一个人　　　　　One person

听着风的吟唱　　Listening to the song of the wind

享受孤独的至美境界　Enjoys the beauty of being alone

一位充满激情的管理学者：
对陈晓萍博士的访谈 [1]

人生短暂，没有时间做自己不喜欢的事。

——陈晓萍

最近，我有机会就职业发展经历和中国管理研究采访了陈晓萍博士。在陈博士繁忙的日程中，我得以对她进行了电话采访。囿于篇幅，访谈内容分两部分来呈现。在第一部分，陈博士将分享她的职业经历，包括职业转换和教学、研究及服务的经历。第二部分是她对中国管理研究的见解和倡议。两部分都发表在2013年出版的《中国人力资源管理》（*Journal of Chinese Human Resource Management*）杂志上。

---

[1] Dr. Jie Ke 博士是美国杰克逊州立大学的助理教授。此文由兰州大学副教授王海珍翻译成中文。

第一部分：职业旅程

Jie Ke：陈老师，您好！首先，能否和大家分享一下您的个人价值观？

陈晓萍：对我来说，最首要的个人价值观就是对工作和生活的热情或激情。人生短暂，没有理由把时间浪费在不喜欢的人和事上。内在激情于我而言最为重要。只有当我热爱某件事时才能做好它。相应地，在组织行为领域，我们总是强调动机：内在动机和外在动机。内在动机是我做事情的重要动力。第二个重要的价值观是正直和勇气。对于你十分在意的事情，如果你不敢表达意见，时机就溜走了。我常常觉得我有责任就不公正或类似的事情发声。勇敢的人在我看来是英雄。

Jie Ke：能否举例告诉我们这些价值观如何影响您职业和研究中的选择？

陈晓萍：这得说回到我读研究生的阶段。当我还在读博的时候，我的专业是心理学，具体而言是社会和工业心理学。那时在伊利诺伊大学心理系大概有10位来自中国的学生。我们研究不同的领域，有的研究神经心理学，有的研究动物心理学，还有一些从事儿童发展心理学研究。几年后，有一些学生意识到凭心理学专业在美国很难找到工作，于是就放弃了心理学，转而去学计算机科学、统计学、数学，甚至会计。他们用改换专业的方式来确保自己可以在美国找到工作并留在那里。但有趣的是，我自己从来没想过要转专业。我很热爱我研究的心理学主题，从没想过工作和前途的事情。可能就是傻人有傻福吧，像找工作这种对其他人很重要的事，我根本没有什么概念，从而也就没有受到干扰。我想是我的内在价值观影响了我的职业选择，尽管当时我并没有明确的意识。我一直攻读心理学，直到获得博士学位。那时我并不知道如何以此找到工作。

在研究兴趣上，我一直对人很感兴趣。我很明确自己只想研究人，而不是研究动物或是机器。我也很清楚自己想在大学里做教授，而不是去企业里工作。我是那种一根筋的人。

Jie Ke：您从浙江大学毕业之后，隔了一年才开始在伊利诺伊大学的研究生生活。在这之间您在做什么？

陈晓萍：我本科毕业于杭州大学（现在的浙江大学）。由于学习成绩优异而得以保送研究生。毕业之后，我在北京机械电子工业部下辖的管理科学研究所工作了一年。

Jie Ke：您在那里是做研究吗？

陈晓萍：是的，那个管理研究所是研究导向的，它面向中国机械电子工业部的企业提供管理咨询。机电部底下有一些很大的公司，比如汽车公司、电视机公司等。整个汽车行业、机械行业，以及电子行业都归其管。因此我们经常为很多不同的企业提供管理咨询。

Jie Ke：所以，您一路走来，一直都在做研究？

陈晓萍：对。即使是在本科和硕士阶段，我们都会去各种各样的企业和工厂收集研究数据。只是那时没有受到好的研究方法训练。实际上，当时浙江大学的教授们自己也没有接受过很好的训练。当时，我发现用我们的调研数据很难实现因果推断，很难判断谁是因谁是果，只能发现相关关系。我对问卷研究就不太喜欢。我想要确切地知道现象背后起作用的机理是什么，但是只用问卷调查做不到。这是我去伊利诺伊大学社会心理系读书的原因。在那里所有的教授都做实验室实验，在有了很清晰的假设之后，用严谨的方法设计出实验来检验你的假设。

我那时因为不喜欢问卷调查而一头扎进了实验室研究。但后来当我成为管理系的教授之后，我又开始做问卷调查研究了。尽管一开始不情愿，但后来我意识到了做好问卷调查研究的价值。

Jie Ke：您所发现的问卷调查研究的价值是什么？

陈晓萍：让我对问卷调查研究的态度发生转变的是，当我设计严谨的问卷调查并收集数据之后，我发现有些结果和假设预测的不一致，这使我不得不回过头去想出一个新的解释。这就是对现实的观察。我需要用很有说服力的理论来解释意外发现的现象。我在这些地方看到了问卷调查的一些价值，就是通过对现象的观察发展出新的理论观点。

在实验中，总是先有理论假设，然后才能设计实验去检验假设。如果假设没有得到实验结果的支持，就意味着实验无效。很难推翻原有假设去发展新假设，并用新实验来验证新假设。而在调查/问卷调查研究里，情况更复杂。A 和 B 之间不是黑白分明、非此即彼，而是存在其他的可能性。它容许你发展出新的观点来解释你发现的现象。

Jie Ke：我看得出您喜欢描述现象而且您的观察也很敏锐。您有尝试过定性研究吗？

陈晓萍：我做过一些定性研究。实际上，在我近期所发表的一些研究中，我总是先描述一个问题或现象，再定义这些构念或者现象。之后，对构念进行操作化定义并发展出测量量表。以我 2009 年发表在《美国管理学会学报》（*Academy of Management Journal*，AMJ）上关于企业家/创业激情的文章为例，我们从现象出发，来开发感知到的创业激情的测量量表。之后，我们再研究 VC 感知到的创业者激情与投资决定之间的关系。那篇文章里包含三个子研究，其中一个是定性研究，一个是实验研究，还有一个是实地研究。

在 2011 年发表在《组织管理研究》（*Management and Organization Review*，MOR）上的另外一篇文章中，我们提出了个体合作和竞争导向的概念。我们认为以中国人的辩证思维来看，合作和竞争不一定是一个连续变量的两端、非此即彼，而是可以同时存在。我们于是开发了两个独立的量表分别测量竞争导向和合作导向，我们的数据表明这两个变量并不相关，而是相互独立的，因此为假设提供了佐证。然后，我们利用合作与竞争导向来预测员工的工作绩效和组织公民行为（OCB），并找出哪个变量更能预测哪种行为。那篇文章中也包含了三个子研究。还有一个例子是我们对二人间密切关系的研究，也是先开发了一个量表来测量什么是密切关系，从定性研究开始。我发现自己现在做得更多的是这一类的研究，而非简单地用文献中已有的构念来验证假设。

Jie Ke：从您出版的专业或休闲的书中不难发现您对生活和工作的热情。在您的书中，我能看出对生活的热情激发了您的潜能。这种热情是天生的还是您后天发展出来的？

陈晓萍：这个问题很难回答。我好像一直都有这种热情。总体说来，我是一个积极和快乐的人。我总是感到很幸运，总能遇到很棒的人，或者处于很好的环境。我有一个幸福的家庭：一个非常支持我的丈夫和两个很优秀的女儿。事实上，不论身处何地，每天醒来时，我就会觉得自己好幸福。我想这就是一种思维方式。对于很细微、很寻常的事物我也会觉得"哇，这太棒了"。开车经过一条熟悉的路，即使每天路过，我还是会觉得它很漂亮。这种感觉非常美妙。

Jie Ke：您有没有遇到过困难？您是如何用您积极的态度来解决这些困难的？

陈晓萍：总体说来，我的人生很平顺，没有大的起伏。我刚到美国的头三年是我人生的低谷。我遭遇了严重的文化冲击，事后回想，当时的情况很严重。

Jie Ke：是什么情况呢？

陈晓萍：最困难的是语言。之前我觉得自己的英语已经很好了，到了美国之后才发现自己几乎不能说也不能写。糟糕的是我几乎无法真正理解别人在说什么，可能只能明白一半。那时很难受。不能表达自己的想法，也不知道问题出在哪里，自信心跌到了谷底。"你是谁啊？你以为自己很优秀，结果现在连考试题目都答不出来。"回想起来，那绝对是艰难时刻。我是一个内向的人，不愿意跟别人谈这些苦恼。我只会把我的感受和想法写到日记里，以此来治愈自己。那可能就是我热爱写作的原因吧。

Jie Ke：但在您的作品中，您没有流露出这些消极的感受。

陈晓萍：那是我的私人日记，我至今还保留着。现在再读还是会触目惊心。总之，通过写日记我克服了这些令人沮丧的感受甚至抑郁情绪。

Jie Ke：您是怎么克服的呢？

陈晓萍：我猜来到美国的人都经历过文化冲击的循环。头几个月，你会很兴奋，之后不断地往下跌，直至跌到谷底，然后再慢慢爬起来。这以后，慢慢重新回到了正轨。我想这大概需要一年的时间，你会发现情况有所改善，在课堂上可以真正开始说话，明白人们在说什么。然后就可以加入到讨论中去了。写作对于需要写论文的学生而言十分重要。我来美国之前，从来没有写过英文文章。为了克服这一缺陷，我在读博期间每学期都上英文课。慢慢地，就会在课程作业和课堂参与上做得更好，然后分数也会提高。就能找回自信了。

Jie Ke：您当时肯定十分努力。

陈晓萍：这些是我想做的事情，所以我没有意识到自己是否十分努力。我的本能告诉我需要做这些事情。

Jie Ke：您是否树立过一些目标，例如"我一定要提高这一点""我需要做到那一点"?

陈晓萍：没有，我不是一个有计划的人，从没有设定过明确的目标，也没有什么策略。我更像是依靠直觉和本能。我乐观地觉得无论什么事情，最后都能过去。

Jie Ke：您是如何平衡工作和生活的？您有两个优秀的女儿，您对她们着墨很多。而同时您的工作还是这么出色，这太不可思议了。

陈晓萍：首先，我从来不相信工作和生活之间有冲突。对我而言，两者之间没有冲突。认识到这一点，其他就很容易了。其次，当面对开会还是陪女儿这样的选择时，试着去找到一个最好的办法来解决问题。面对这样的问题，我大多数时候选择了陪女儿。我常常告诉自己：你的孩子只跟你生活 18 年，工作不如陪伴孩子重要。对我而言，保持平衡的一个办法是当我（在办公室）工作的时候，就完全投入到工作中去，其他的都不想。等我回家之后，我会做饭，花时间做家务，带孩子去参加各种各样的活动，一点也不工作。我就是这样分配我的时间的。当做一件事的时候，就全身心投入，用心地去做它。

Jie Ke：如果您在办公室没有做完工作呢？

陈晓萍：那没问题，停在那就好。我常常提前计划事情，不会被截止日期追着跑。我会提前做完工作，这样在截止日期之前还留有余地。我从来不会工作到晚上12点。不会，我需要睡觉，睡很多。

Jie Ke：现在让我们换一个话题。您是否介意分享一下是什么让您对管理研究感兴趣的？

陈晓萍：实际上，我本科的专业是工业组织心理学。我是中国这个专业的第一批学生。这个专业是由著名的工业组织心理学家、杭州大学的陈立先生首先设立的。这个故事说来话长，你可以读一下张洁20世纪80年代的小说——《沉重的翅膀》。它讲的就是工业组织心理学是如何在杭州大学（在小说里被称为H大学）开设的。我就是第一批学生中的一员。

Jie Ke：您是如何发现这个专业的？为什么会选择这个专业？

陈晓萍：我生活在杭州，在杭州参加高考。我对心理学感兴趣是因为我初中的语文老师。那位老师特别理解学生的心思。我们都很爱他。他太棒了。但他实际上并没有学过心理学，只是有很好的直觉。我当时觉得心理学很酷、很有意思。因此，当我看到杭州大学有心理学专业时，立即认定那就是我想要读的专业。我毫不犹豫地决定报考，幸运的是我被录取了。

Jie Ke：当您从伊利诺伊大学获得博士学位的时候，您打算到管理系工作吗？

陈晓萍：没有。当时我觉得工业组织心理系或是管理系都可以接受。只是香港科技大学管理系第一个给我了教职。那份工作很好，我征求导师的意见，他说："很棒，就它了，就去那工作吧。" 我说："好吧，那我就去香港了。"就是这样。

Jie Ke：您能讲讲那份工作吗？您提到在那工作很好。如果我没记错的话，香港科技大学当时刚设立管理系，是吗？

陈晓萍：是的，那是一所新成立的大学。徐淑英教授当时是管理系的系主任。去之前我问她："如果我加入管理系，我还能做实验吗？还能继续我自己的研究吗？你知道，我研究群体合作、群体决策等。"她说我可以继续做我当时的研究。由此我确认在那工作没有问题，我不用做太多的转型。另外，管理系的收入也比心理系要高一些。

Jie Ke：那份工作在中国香港。之前您是否考虑过中国香港？您当时不想留在美国吗？

陈晓萍：我当时的想法是，如果在美国研究型大学能找到工作机会，我就留下来。如果找不到，那我宁愿去中国香港或新加坡。事实上，美国心理系的招聘比管理系滞后很多，在我导师建议我去香港科技大学工作的时候，我还没有得到其他大学的工作邀请。我们系有一些来自香港的博士生，他们听说我要去香港科技大学，都说我一定会爱上香港的。所以我就去了香港，也真的爱上了香港。

Jie Ke：那份工作有怎样的教学和科研任务？

陈晓萍：我记得我每年有三门课的教学任务，其他时间全部做研究。实际上，教学的时候也可以做研究，所以我从没停止过研究。有课时，我把学生当作研究对象收集数据。没课的时候，我就分析数据，写论文。我在香港科技大学的同事都很棒。我们很合拍。我们一起产生了很多研究想法，一起讨论并设计研究。那段经历很棒。我也很热爱教学，所以教学于我而言不是一个负担。现在我们系有很多的年轻教授，他们入职的时候要求三年内只教同一门课，只是给不同的班级上而已。但我在香港科技大学工作的第二年，就主动开发了一门新课。我说："我想开一门有关决策的课，尽管需要备新课，但我并不介意。"就这样，我给自己增加了负担，教了两门不同的课。教学从来没有占据我研究的时间。我是这样的人，做自己喜欢做的事情。我想教决策课，就选了一本教材开始上课。这门课立即成为很受欢迎的一门课，学生排队等待选到这门课。我离开后，管理系还保留着这门课。

Jie Ke：上课真的没有占据您很多的研究时间吗？

陈晓萍：我想上课的确占用了我很多时间，但我并不介意。我喜欢上课。

Jie Ke：当您的教学量增加的时候，教学和科研之间是否有冲突？您是怎么解决的？

陈晓萍：我从没感觉有冲突。这是我的特点。我基本上不会感到任何事情之间有矛盾。对我来说，实际上事物是互补的。上课时学生会提出有趣的问题，思考之后你就能想到有趣的研究问题。然后你就可以和学生分享你的研究发现，回答他们的问题。如果你不把教学和科研看作有矛盾的，它们之间就没有矛盾。这就是我的看法。

Jie Ke：我很喜欢读您写的中文书，很喜欢您的文笔。您为什么会有这么好的文笔？良好的中文写作是否对您的英文写作有帮助？

陈晓萍：第一个问题，我想是因为在低谷期的大量写作。很简单，当我有想法的时候，我就写下来，很自然地就写出来了。只要我写下第一句，第二句就跟着出来了。良好的中文写作归功于这类经历。第二个问题，我认为中文写作应该有助于英文写作，但是英文写作和中文写作又很不一样。

Jie Ke：尤其是当您写作学术论文的时候，是吗？

陈晓萍：是的，你现在能看出来，我将这两种类型的写作分开了。当我写学术论文的时候，必须用英文。当我写散文，或者韵脚诗或现代诗的时候，必须用中文。两个大脑，哈哈！

Jie Ke：您是如何训练自己写英文学术论文的？

陈晓萍：练习是关键。一开始，我写得十分糟糕，想象不出的糟糕，但是后来我读了很多优秀论文。此外，我的导师帮了我很多。他纠正了我的很多错误——语法的错误、论文结果表述的错误，等等。我从他的指导和修改中学到了很多。今天我也这么带自己的学生。

Jie Ke：您发表的第一篇论文是关于什么的？您能告诉我们这篇论文是如何得以发表的吗？

陈晓萍：我发表的第一篇论文是我在伊利诺伊大学读研期间写的硕士论文，是关于社会困境中如何诱导人们在个人利益和集体利益冲突的社会困境中合作。它于 1994 年被发表在《组织行为和人类决策过程》（*Organizational Behavior and Human Decision Processes*，OBHDP）上。实际上，我在 2012 年北京大学出版社出版的《组织与管理研究的实证方法（第二版）》的一章里分享了发表这篇论文的经验。那一章叫作"一篇论文的经历：从问题的提出到文章的发表"。你可以读一下。

我再多说一些发表论文的事情。我最初到伊利诺伊大学读博士的时候，对发表论文一点概念都没有。没有人告诉我需要发表论文。由于在读博之前必须完成一篇硕士论文，所以我就写了硕士论文交给研究生办公室，获得了硕士学位。之后我的导师说："晓萍，你的这篇论文应该投出去发表。"我问："为什么要发表？"他说："这样你就能和其他人分享你的研究发现了。"我说："好吧。"于是我开始修改论文，一遍又一遍，每一次导师都指出可以进一步修改的地方。等到改完第八稿，我觉得自己已经快要吐了。终于，导师说："现在可以投出去了。"我把论文寄给了OBHDP，很快就得到了一个风险不大的"修改后再提交"的机会，接着就发表了。直到快毕业需要找工作的时候，我才知道发表论文的重要性。记得当时我的一些同学对我说："晓萍，你找工作会很容易，因为你已经发表过论文了。"我问："为什么啊？"我那时真的不知道发表论文和找工作之间的关系。当时我真是挺天真的。我只做该做的事情，不想其他。很有意思。

Jie Ke：您在博士就读期间，也发表论文了吗？

陈晓萍：是的。我在读博期间，发表了我的硕士论文。我做了博士论文的研究，还有一个我很感兴趣的心理学方面的研究，毕业后这些研究很快就都发表了。其实这挺幸运的，对这些我根本没计划，那时确实不知道发表论文的重要性。

Jie Ke：没人告诉过您？

陈晓萍：可能因为美国学生人人都知道，所以没人去谈论这个。而在中国，又没有人告诉我需要发表论文。因此我对此就一

无所知。

Jie Ke：您能否和我们分享一下：您在研究过程中主要的困难是什么？您是如何克服这些困难，并成为拥有这么多著作的学者的？

陈晓萍：对我而言，没有什么挑战。我们提出一个想法，然后在实验室或者调查中验证想法。因为管理学的研究不用很多钱，所以资金也不是非常重要。如果需要做实验，我们学校有设备和被试库；如果需要在中国调查研究，有很多中国同行可以合作并帮助我。所以我没有碰到大的挑战。

Jie Ke：您在职业的三个方面——教学、研究和服务上的成就都非常突出，获得了很多奖项和认可。您是如何在这三个方面保持平衡并同样出色的？能否和我们分享一下您的 "秘籍"？在您的经验中，这三者之间的关系是怎样的？

陈晓萍：研究无时无刻不在；这是每周 7 天、每天 24 小时都要做的事情。我总是在思考研究问题。教学是阶段性的。我有一个学期有课，有课时，我会投入全部的精力，会想各种办法让课堂的内容有趣并容易理解，让学生真正喜欢这门课。服务方面，我一直都非常乐于服务，所以这也不是问题。

Jie Ke：您能和我们分享一下您服务的经历吗？

陈晓萍：在我还是助理教授的时候，学院非常保护我的时间，不会要求我做太多的服务工作。在获得终身教职或者成为一个正教授后，就会有一些服务工作要做了。比如，在过去的十年里，在 IACMR（中国管理研究国际学会）的工作上，我大概付出了几千个小时。IACMR 是个非常重要的组织，在中国学术界有巨大的影响力，我很乐于做这个工作，现在还在做。我们还创办了一份新的中英文双语杂志——《中国管理新视野》（*Chinese Management Insight*），为管理者提供关于中国管理的前沿研究成果。现在我是执行主编，投入了很多时间。系主任也不是一个总是十分愉快的工作，对吧？不过我相信我们教的东西，比如管理研究、领导理论、激励理论，我可以运用其中的一些理论在我作为系主任的工作中去激励大家。这也是有乐趣的。我会经常表扬那些表现很棒的老师。

我还是 OBHDP 的主编，这份期刊以及发表在这份期刊上的研究成果，我都非常喜欢。有时候，编辑工作有些乏味，但也不会成为负担。而且，我还有一个很棒的副主编团队可以帮助我。

Jie Ke：我想您应该都是被邀请做这些服务项目的吧！您是否主动申请过？

陈晓萍：嗯，基本上都是被邀请的。我从来没有主动申请过。当我被邀请的时候，我会想："哦？这可能是个好机会，好吧，我来试试……"试一下后，发现自己能做好。大多数都是这样的情况。

Jie Ke：为什么您认为 IACMR 是个很重要的组织？

陈晓萍：在 IACMR 成立之前，我们已经开始这方面的工作了。那是我还在香港科技大学的时候，会给内地重点大学的一些学者开设研究方法工作坊。我觉得每届参与工作坊中的人都像是在说："天哪，我终于知道怎么去做一个好的研究了。我之前发表的论文真是垃圾。"我开始意识到，让内地的学者去了解如何做好研究，是非常有必要的。教内地的学者去掌握好的方法论并做出缜密的研究是十分重要的。你知道，内地有些教授一年可以发表 10 篇论文，他们都觉得做研究很容易。

Jie Ke：是的，的确如此。

陈晓萍：今年 6 月，我们刚在香港庆祝了 IACMR 成立十周年。你可以看出 IACMR 对中国年轻学者的影响有多大。IACMR 会议论文的质量很高，就算不能超过美国管理学会（Academy of Management，AOM），至少也是同等水平。从第一次会议到现在，中国学者论文的整体质量有了很大的提高。看到 IACMR 有这样的影响，我们非常满意。

Jie Ke：在您作为导师或者学生的经历中，有什么令您印象深刻的指导经历？这个经历对您的职业发展有什么影响？

陈晓萍：绝对有影响。首先，作为学生，在博士在读期间，我曾和伊利诺伊大学几个非常著名的教授一起工作过。其中一个是我的论文导师——塞缪尔·科莫利达。他是个很棒的导师，总是鼓励我做自己喜欢的事情。每当我有想法，他都会和我讨论通过实验来进行验证的可行性，等等。我记得只有一次，我有个很好的想法，因为在实验里难以操作，他建议我放弃。除此之外，我所有的想法都得到了他很大的支持，我们也共同做了一些研究。

我也和詹姆斯·戴维斯教授一起工作过。他在群体决策领域是个大师级的人物。我是他的研究团队的成员之一，我们一起完成过大规模的群体实验，特别是关于在群体决策制定过程中，操控哪些决策过程可以改变决策结果的实验。我们做了很多我们称之为模拟陪审团的研究。你知道陪审团要对一个人是否有罪做出决策。在他的研究团队中，我学到很多关于设计和进行实验的技巧。除了那些很严肃的实验部分，我们每周还会去酒吧里喝一杯，聊些和学术无关的事情。詹姆斯是个非常风趣的人，讲了很多有趣的故事，总是把我们逗得开怀大笑。这是我觉得非常有趣的另外一种类型的指导经历。以上就是我在做学生时的经历。

至于如何当导师，因为在博士阶段，我已经从那些教授身上学到很多，所以我也试着用同样的方法指导我的学生，尤其是指导国际学生。因为我知道他们在开始的几个月甚至几年都会非常难熬，所以我会把我自己的经历分享给他们，告诉他们像是文化冲击等会有多么难熬。只要他们有忧虑或疑问，我们都会见面并讨论一下。我并不会组织每周的酒吧活动，但我会定期邀请他们到我家里来聚会。

我和我的学生们的关系都很密切，我本身是思维非常开放的人，所以他们碰到问题，尤其是一些非常棘手的问题时，都愿意征求我的意见。

Jie Ke： 您对您的学生都期望很高吗？

陈晓萍： 是的。不过他们通常对自己有更高的期望。这两种期望都起到很好的作用。

Jie Ke： 要是有些事您的学生觉得很难做到，但您觉得可行，您会怎么办？

陈晓萍： 大多数情况下，如果他们觉得某件事情做起来不舒服，我是不会强推的。我自认为是个非常通情达理的人。要是事情太难了，那好吧，就慢慢做，试着做到你能做到的最好的程度。我一贯秉持的态度，并不是"你要做到十分完美，否则我就会一直督促你"。我根本不是喜欢强推的人。做研究应该是自发的兴趣，不能施加太多的外界压力，否则会让学生们觉得不舒服甚至有所抗拒。如果因工作太努力而喘不过气来，会很不好。这不是我的风格。

Jie Ke： 您能介绍一位您最为之骄傲的学生吗？

陈晓萍： 当然可以。我有个学生，大约是一年前毕业的，现在是佐治亚理工大学的助理教授。他在学术的每一个方面都做得非常好。他不仅和我还和其他教授一起发表了很多论文。我们的学术环境非常开放。到目前为止，他应该已经在一流刊物上发表了八九篇论文。他真的特别优秀，获得了很多奖项，比如最佳论文奖、最佳博士论文奖、最佳博士论文提案奖，等等。真是太厉害了。我们要求博士生去教一些本科生的课程，他还因此获得了教学奖。真的很了不起。

Jie Ke： 在您获得终身教职之前，您的一天通常是怎样的？

陈晓萍：我在香港的前三年是我职业生涯的开始。我每天都去办公室，不过我住的地方离学校很远。每天早上，我要 8 点左右起床并把女儿送到幼儿园，我女儿的幼儿园离家很近。不过一开始很难，因为每次我离开的时候她都要大哭，但我必须离开。然后我会去办公室。先坐小巴，再转巴士才到校园，大概要四十多分钟。然后我就可以关起门来工作了。在办公室的时候我的工作效率极高。基本上没有人能够打扰我。我不用做任何事务性的工作。我们的系主任徐淑英教授非常好，不会给助理教授安排很多服务事项。我只需要在午餐研讨会上做协调员，以及参加教学研讨会即可，不需要做其他的事情。那时我的教学任务是每学年三门课。我会在一个学期内把所有课程上完，在此期间，我会修改我的论文。在办公室的时间我利用得非常好，并且也相当专注。

我们有一些系内的研讨会，在午饭时间我也会和同事们聊一会儿。我会在下午 4 点离开办公室，然后花四十多分钟到幼儿园去接回女儿。她经常都是幼儿园里留到最后的小朋友，我觉得很愧疚。不过我和我先生都要工作，所以这也是没办法的事。接了女儿回家后就开始做饭什么的。我挺喜欢烹饪的，所以也不觉得辛苦。那时家里没有网络，我也不喜欢把工作带回家，所以晚上就是我的下班时间，不用工作，只陪家人。

Jie Ke：您在工作中是如何管理多个任务的？

陈晓萍：关于这一点，用我的话来说，就是不断地聚焦和发散。当需要做一件事情的时候，就聚焦并完全专注在这个任务上。一旦这个任务完成，就再发散，然后聚焦到下一个任务上。

Jie Ke：您会排出优先级吗？

陈晓萍：每天我的脑海里都会考虑一些事情，但我从不做笔记或者把它们写下来。关于今天要做的事情都在我的脑子里。我会尽量在一天之内完成。通常我都可以完成计划中的每一件事情。我的工作效率非常高，这是我的强项。

Jie Ke：现在，您作为系主任，通常的一天是怎样度过的？

陈晓萍：我现在依然住在离校园比较远的地方，路上需要花四十分钟左右。现在我同时扮演多个角色：作为系主任，我需要待在办公室里。作为一个编辑和学者，我不应该在办公室里，而是需要大量的时间写作。所以我在哪里取决于这一周安排了多少个会议。通常我一周会有两三天在办公室里，剩下的时间我会待在家里完成我的编辑或者研究工作。我现在有两份编辑工作，需要花很多时间。有时我即便不在办公室里也需要处理办公室或者系里的事项。会有很多的邮件或者事情，我会快速处理这些。遇到紧急状况，我会立即召集责任人去解决问题。除非我在旅途中，否则，大多数情况下，我都会快速反馈。这就是我的"区域化战略"（compartmentalization）。

Jie Ke：如果在您 "区域化"的时间内，有计划外的紧急事件发生，而且需要您立即参与，您怎么办呢？

陈晓萍：我会立刻处理。紧急事件必须优先处理。例如有个教授今天病了，我们就需要赶快找个人来代他的课，我会立即行动。无论我在做什么，我都会立即停下来先处理那件事情。很幸运，并没有这么多的紧急事项。系里的事情我都会提前计划好，我们的会议都是 6 个月前就排好日程的，每个人都会知道在哪一天哪个时间点在哪里做什么事。提前安排可以让每个人的生活都轻松点儿。

Jie Ke：您对想要成为教授的青年学者有什么建议？

陈晓萍：关于这个问题觉得我觉得自己已经说了很多了。首先，你要对这个职业抱有真正的热情。否则，这份工作就会十分痛苦，因为 7 天×24 小时无休。你的确一直都得思考研究和教学，而不是说从早上 9 点做到下午 5 点就结束了。不是。这是一个长期要做的事情，你必须有支撑自己走下去的能量，否则是行不通的。同时，你还得对于最终的结果保持乐观心态。那就是，相信你研究的问题和教授的课程有助于增进社会及人类福祉。

感悟

陈晓萍博士的经历表明热爱和激情对于维持一个人的职业专注度及最终获得职业成功十分关键。在访谈中，陈博士用得最多的词就是"热爱，喜欢，激情"。这让我想起了一个流行的说法："做你所爱，爱你所做。" 陈晓萍博士的例子完美示范了追随本性和激情，一个人就能抵抗外界的诱惑，专注在自己的职业发展上。追求和奉献、长久的研究投入和服务源自激情和热爱，自然而然就会带来职业成功。

第二部分：中国管理研究

Jie Ke：在研究中国管理问题时您最享受什么？

陈晓萍：每一个方面。我很享受与中国研究者分享我的想法。我希望他们因为我的想法而感到兴奋。之后我们可以展开合作。我的一些合作者在中国给企业高管讲课，有机会以中国高管作为研究样本。他们会把我们分析出来的结果反馈给参与研究的高管们，看看他们是否认为合理。有时候，高管们会就我们的研究结果展开激烈的讨论。比如，当向他们展示他们在独立自我和互赖自我概念上的得分的图片时，他们会说："我原来不知道自己竟然这么个体主义导向，测得准吗？"很有意思。

Jie Ke：在中国管理研究中您遇到了什么样的挑战？您是如何解决这些问题的？

陈晓萍：我觉得其中一个挑战是如何找到一个合适的合作者。我大部分时间都住在美国，不能到中国去。所以我必须与中国同行合作。如果你没法找到一个有能力的合作者，他不能准确地知道我们做研究时需要注意什么，合作研究将是一个巨大的挑战。我想需要时间来了解哪些人可以和你在中国合作做研究。

Jie Ke：您曾经住在中国香港，我想您已经在那里生根了。

陈晓萍：是的，但是中国香港不一样。中国香港高校的老师大部分都很棒，寻求合适的合作者并不是一个问题。而当在中国内地做研究时，你就得从中国内地的大学里找到合适的合作者。我很幸运地认识了一些很棒的同行，他们的能力很强。我只与这些人合作。如果有一些我并不太了解的人来找我合作，我就会礼貌地拒绝。

Jie Ke：您是如何找到您的中国合作者的，从别人的口中得知对方的还是其他的方式？

陈晓萍：一开始，我会读一些他们写的中文或英文文章。之后，就必须要通过真正的交往了解对方。在开会时，我们会面对面地讨论和研究问题，我会看看他们如何回应各种问题。在开会时可以观察他们如何介绍自己的研究，他们有没有很好地组织内容，有没有很好地回答问题。另一个对我而言很重要的方面是，真正地去感受一下和对方是否合拍。有时候，很难有这种感觉。这有点像第六感。你碰到一个人，然后立即觉得和对方很合拍。这时你就会很信任对方。不过，的确需要一些时间才能了解一个人。

Jie Ke：您还记得第一个和您合作的中国研究者吗？

陈晓萍：我不记得了。因为我有太多的中国合作者。我们认识之后，如果我发现对方对研究很投入，我们就有可能合作。你知道有时候人们虽然在做研究，但并不投入。你懂我的意思吗？我想找到那些受内在动机驱动做研究的人。这些人无时无刻不在思考研究问题。我能分辨出这样的人，我想与这样的人一起工作。否则，如果研究仅仅是用来装点门面之类的，就不值得这么努力了。

Jie Ke：您经常能遇到您想合作的人吗，还是对方想要跟您合作来找的您？

陈晓萍：两种情况都会遇到。有时是我找他们，如果我觉得对方真的很优秀；有时是对方找我。如果是对方找我，我需要判断我能贡献多少，或者我是否足够了解或是否想更深入地了解那个研究议题，以及对方的研究热情和激情怎样。对方的研究热情很重要。否则，当研究不顺利的时候，他们就会放弃，这时你就无计可施了。必须是双方都对该研究有持续的兴趣才能合作进行研究。

Jie Ke： 您发表的第一篇关于中国人关系的研究是什么？您能跟我们讲讲背后的故事吗？

陈晓萍：可以。因为我在中国长大，所以我觉得自己很了解关系。但同时我也知道这个概念太大了，这个词的意思很复杂，在不同场景中有不同的意思。因此很长一段时间，我完全不想碰这个议题。让我想想我为什么最终又研究它了。我想是因为我在香港科技大学时，有一位从美国来的资深访问学者邀请我参与他的一个咨询项目，那个项目需要回顾很多有关关系的文献。我很欣赏那位教授，所以答应参与。之后，我开始搜集有关关系的文献。读了很多期刊、报纸和书之后，我发现关于关系其实没有多少好的研究。基本上，所有的文章都在说关系在中国如何重要。

每个人当然都知道关系很重要，这难道还需要研究吗？如果它真的如此重要，那么究竟怎样做才能培养关系呢？提出这个问题后，我突然觉得这是一个研究机会。我把大概的想法写了下来。当时，我和罗格斯大学的陈昭全教授正在做另一个研究，是投给《美国管理学会评论》(*Academy of Management Review*, AMR) 的关于合作和竞争的文章，那篇文章关注个体主义和集体主义对于合作促进机制的影响。我和陈昭全由于那篇文章建立了很好的合作关系。当时我想，如何培养关系的这篇文章很难搜集实证数据，所以只能是一篇理论文章。既然如此，就邀请陈昭全与我一起写一篇关于关系发展的理论文章吧。就这样，我们开始进行这篇论文的写作。写完后，我们先把文章投给《组织科学》（*Organizational Science*），因为我们觉得那个期刊也许会愿意接受非西方的构念。没想到被拒稿了，要我们修改后重新提交。我们想想觉得难度较大，于是决定投给《亚太管理学报》（*Asia Pacific Journal of Management*），最后就发表在那个期刊上了。

理论文章发表出来之后，我就开始琢磨关于关系的实证研究，例如如何测量关系、关系如何影响工作绩效等问题。我邀请北京大学的彭泗清教授与我合作。彭教授在香港大学获得心理学博士学位，师从杨中芳，所以我们都是社会心理学者。他还发表过很多关于关系的中文文章。我很欣赏他，便邀请他与我合作。我们一起做了定性研究来开发关系的测量量表以及改变同事关系质量的关键事件；又做了定量研究来检验这些关键事件如何影响同事关系的密切程度。我们一起设计了调查问卷和实验场景。后来我们的这篇文章发表在《组织管理研究》上（Chen and Peng, 2008）。

有一年我和陈昭全在参加一个会议时得以更深入地讨论关系研究，结果发现其实我们两个人都不喜欢关系的工具性用途。虽然我们合作的那篇理论文章探讨如何培养和发展关系，但我们还是觉得有些想法在那篇文章里没有完全表达出来。于是我们决定把这些想法写成另一篇论文，让人们意识到有关系也不总是一件好事，对公司而言有时还是一件坏事，也就是关系的消极外部性。陈昭全之前实际上已经和其他学者合作发表了一篇实证研究论文，发现在组织内招聘"关系户"会给员工的公平感带来消极影响。我没有参与那篇研究，我们合写的是有关关系消极外部性的理论文章，最终发表在《亚太管理学报》上（Chen and Chen, 2009）。最近我和陈昭全以及他的博士生 Shengsheng Huang 写了一篇文章，综述了过去 20 年来所有研究关系的论文。这篇文章刚刚发表在 2013 年年初的《组织管理研究》上（Chen et al., 2013）。你能看出来，关于关系还有许多课题可以研究。目前的研究基本还未解决有关关系的关键问题。

Jie Ke：您认为那些关键问题是什么？

陈晓萍：在我们最近的那篇论文中（Chen et al., 2013），我们指出了关系的未来研究方向。我可能会就其中的某一些展开研究，看看关系是否可以真的被实证操作化和测量。我们还为一本书写了一个章节，提出了一个关于关系的新理论模型 (Chen and Chen, 2012)。如果有时间的话，我会完成后续的研究。那个模型很有趣，它是说对于个人而言，拥有关系就相当于有了个人的社会资本，借此就可以帮自己达到很多目的。我们的研究视角是，从组织的角度而言，如何把个人的社会资本转化为组织的社会资本，这样个人的关系就上升到组织层面，成为组织的社会资本，可以帮助组织提升绩效。我们提出了一些从个人的社会资本转化成组织的社会资本的机制和相应的措施。我觉得检验这个模型会很有趣，也很有挑战。这是一个值得研究的方向。

Jie Ke：您发表的第一篇跨文化研究是什么？您能分享它背后的故事吗？

陈晓萍：可以，我有一个有趣的故事可以分享。当我在伊利诺伊大学读博士的时候，我们系有一个做文化研究非常出名的教授，名叫哈里·川迪斯。如果你想了解个体主义和集体主义，读他的论文就可以。他是跨文化心理学的一位大师。当时我去上他的课，发现"哇，这些文献真的很有意思"。与此同时，我们系（我们叫作社会工业心理分部）所有的国际学生都跟着哈里·川迪斯做研究。要知道，他们来伊利诺伊大学的主要目的就是跟着哈里·川迪斯做跨文化研究。

当时大家认为国际学生就应该做跨文化研究。但我不这么想，我不想做跨文化研究，我的兴趣在于研究普遍意义上的人和群体，而不是文化差异。我想做更多社会心理学主流的研究。所以当时我并不愿意跟哈里做跨文化研究。当时我所有的研究都是关于群体、群体决策、社会困境的，都是主流社会心理学的研究课题。

有趣的事情发生在我毕业去了香港之后。在我入职香港科技大学的几个月之后，哈里写了一封信给我，他说："晓萍，你能帮我在香港收集一些数据吗？"我说："当然可以。"那时，我突然觉得自己既了解中国人也了解美国人，也许是介入跨文化研究的一个好机会。所以我答应帮助他收集数据。这些数据用来开发一个更加复杂的个体主义－集体主义的测量量表。我们在原有个体主义－集体主义维度的基础上，加入了一个新维度：水平和纵向维度，这样就有了四个子构念：水平个体主义、纵向个体主义、水平集体主义、纵向集体主义。我们想要开发新的量表来测量这四种类型的个体主义和集体主义。我们想到了一个有别于传统的很有趣的测量方法。传统的办法是开发一个题项，然后被试回答是否同意或者多大程度上同意题项里面的观点。但是，在这个研究中，我们找到一个真实生活中的场景，像一个小故事一样呈现出来；我们给被试一个场景和四种答案。这四种答案代表四种个体主义和集体主义。这就是我发表的第一篇跨文化管理的论文（Triandis et al., 1998）。

那时我突然意识到，我在中国和美国的生活经历其实是我做这一类研究的优势，所以我开始真正对这一类研究感兴趣了。即使没有哈里参与，我自己后来也做了很多跨文化的研究。

Jie Ke：您怎么定义"有价值的研究"？什么支撑您践行有价值的研究？

陈晓萍：这是个好问题。我觉得良好的管理学训练，以及对实际现象的观察可以帮助你发展出一种直觉，借此直觉可以判断出哪些研究是有价值的研究。例如，我认为今天的中国社会实际上面临着道德败坏、社会不公、严重的环境污染等巨大的挑战。因而围绕伦理行为或者道德问题就有很多值得研究的议题。这是我个人十分主观的判断。只有当你熟悉所研究的环境和背景时，你才能判断什么值得研究。每个人都可以做这样的判断。有时别人没有意识到这个问题多么重要，但如果你指出来并能让人们意识到这个问题的重要性，那么这个领域就会变得有价值并且重要。也就是说，我认为你不必跟随他人来发现什么是重要的和有价值的研究。

别人有时会问我："晓萍，你觉得当今管理研究中什么议题最热门？" 我常常回问："你说什么是热点领域？是不是已经有很多研究发表的领域就算热门，然后你就跟着做？你是这么定义'热门'的吗？"不应该这样吧。我觉得如果你能开创一个新的话题，这将比仅仅跟随别人做研究更有价值。关于什么是重要的议题，我认为每个人都应该做出自己的判断。

Jie Ke：好的。您是说研究者自己开创的，并能向他人证明其价值的研究就是有价值的研究，对吗？

陈晓萍：对。与此同时，研究应该对社会有所影响。我认为这很重要。当你指出一个问题之后，人们说："天哪，虽然我们之前没有想到，但这确实十分重要，我们的确应该关注这个问题。"如果人们有这样的反应，这个研究就真的很有价值，因为它改变了人们的想法和做法。

Jie Ke：您觉得当前中国的人力资源管理研究者面临的主要挑战是什么？

陈晓萍：我觉得，对于想做中国研究的西方学者而言，他们面临的另一个挑战是如何找到好的中国合作者。没有合作者他们很难在中国收集数据。以外，有时候有些国人有比较强烈的民族主义情绪。因此，在中国你得小心表述你的研究问题和研究目的，不要在无意间冒犯了他们。

Jie Ke：您能举个例子吗？

陈晓萍：没有很具体的例子。大概是当我谈到文化差异和价值观体系差异的时候，我会很中性地去表述。我会说没有好与坏之分，只是不同的做法而已。例如，个体主义者会将他们自己看作独立的个体，与他人没有很密切的关联，而集体主义者会将自己看作群体的一部分。说真的，我没有觉得个体主义好、集体主义不好，或者相反。但是有些人还是会觉得自己受到了冒犯。他们觉得我在说："个体主义的人很自私，太差劲了。"

Jie Ke：是的，可能以他们自己的文化来看，会有另一种完全不一样的定义或看法。您觉得想要做中国管理研究的学者面临什么样的挑战？就是说他们做本土研究时面临哪些主要的挑战？

陈晓萍：实际上，我觉得他们需要深入理解中国的组织是如何运转的。对他们而言，去中国的组织里面待一阵很重要。我觉得大多数中国学者没有这么做。虽然他们人在中国，但他们也不这么做。有时，他们只是通过咨询公司来进行问卷调查，然后就开始写论文了。

这样收集数据，并不能真的理解组织。当你真正待在那里时，你会观察到并且感受到很多背后的东西，这些东西在问卷调查中你问的问题或他们的回答里不一定能体现出来。

Jie Ke：他们该如何真正地理解组织？

陈晓萍：我觉得最重要的是真正赢得公司高管的信任。要让他们相信你是一个研究者，相信你有一个客观的立场，相信你想要帮助他们提高其运营的效率，相信你的研究最终会帮助公司取得更大的成功。当你打下这样的基础时，他们就会允许你待在公司一个月之类的，甚至会给你一间办公室，人们会来和你讨论问题。因为他们知道你是可以信赖的，会保守机密，等等。

Jie Ke：您知道谁做到了这些吗？

陈晓萍：我知道一些学者在做咨询项目时会在公司待一段时间。虽然我不知道他们在多大程度上会利用这个机会做研究，但我还是很鼓励这种做法。我的一个博士生在中国的一家公司收集数据时，确实在那家公司待了一个月。当然，我们已经和那家公司的高管建立了关系，所以他们完全信任我们。我的那位学生告诉我："的确，这里有很多事情是你从问卷中看不到的。"人们会给他讲很多问卷中问不到的故事。这对他而言是一段很棒的经历。

今天我们还面临一个问题，那就是对于很多发表在顶尖期刊上关于中国企业的研究结论，高管们并不认可。他们认为那些结论对公司没有意义，研究和实践中间存在巨大的鸿沟。这是我们2012年在 IACMR 香港年会上讨论的最主要的问题。联想的创始人和首任 CEO 柳传志，还有我们的顾问委员会和其他高管委员也在场。他们都是这样的看法。他们对管理研究十分失望，因此依靠自己的企业研究所、自己的经验和观察来做决策，而不是依靠我们发表的研究结果做决策。我觉得这对学者而言十分糟糕，因为研究并没有给实践带来影响。既然这样，我们为什么还要发表文章？难道只是为了我们自己的晋升和教职吗？那没多大意思！我想建立研究和实践的联系，因此跨越研究和实践的鸿沟是另一个值得努力的方向。

Jie Ke：基于您过去和现在的研究经历，您怎么看待中国管理研究的未来发展趋势？我想您在您的文章里已经提到过一些。您已经指出了关系研究的未来发展方向。

陈晓萍：是的，关系是其中的一个领域。最近《中国人力资源管理》的编辑 Greg Wang 博士发表了一篇文章，提出了中国人力资源管理研究的一些重要议题（Wang，2012），我完全认同。我想那些就是中国管理研究很好的方向。

Jie Ke：您未来5—10年在研究和服务上有什么样的计划及抱负呢？

陈晓萍：我想我就继续做现在做的研究吧。我不是一个计划导向的人，一切顺其自然。如果条件允许，我会做更多领域的研究；如果条件不允许，我就继续做现在的研究。

感悟

对于管理研究来说，艺术的成分大于科学的成分，而艺术要求知识和能力兼备。开展中国管理研究更是如此，研究者不仅要有极好的研究技能进行严谨的研究，还需要对中国组织有深入和独到的理解。研究者需要不断地思考和辛勤工作来发现研究机会，设计和发展有社会影响的研究；还得努力找到一名优秀的中国研究者来帮忙获取数据。

更重要的是，通过陈晓萍博士的研究经历和见解，可以看出一个关键的研究能力不可或缺，那就是识别出有趣和有价值的研究问题，避免盲目跟随流行的研究路径或话题的能力。因为这关乎研究的原创性和创造力。这种能力源自学者训练出来的判断和自身的独立思考，或者根植于对现象敏锐、透彻的理解。这种能力还来自内在激情，正如在陈博士的访谈中一以贯之的对研究的内在激情。

除此之外，中国管理研究者和相关从业者面对的另一个挑战是如何弥补中国理论界和实践界的交流鸿沟，如何让理论能够启发实践，以及如何利用实践改进理论。找到好的中国合作者对于开展中国研究至关重要。

总之，研究中国管理问题要求具备更多的技能和更高的创造力，付出更大的努力。只有那些富有内在动机和富有激情的学者才能完成这一使命。

参考文献

Chen, C.C., & Chen, X.P. (2009). A critical analysis of guanxi and its negative externalities in Chinese organizations, *Asia Pacific Journal of Management*, 26, 37-53.

Chen, C.C., Chen, X.P., & Huang, S. (2013). Chinese guanxi: An integrative review and new directions for future research, *Management and Organization Review*, 9(1), 167-207.

Chen, X.P., & Chen, C.C. (2004). On the intricacies of Chinese guanxi: A process model of guanxi development, *Asia Pacific Journal of Management*, 21(3), 305-324.

Chen, X.P., & Chen, C.C. (2012). Chinese guanxi: The good, the bad, and the controversial, in Huang, X. and Bond, M. (Eds), *Handbook of Chinese Organizational Behavior: Integrating Theory, Research, and Practice*, Edward Elgar Publishing Limited, Cheltenham, pp. 425-435.

Chen, X. P., & Komorita, S. S. (1994). The effects of communication and commitment in a public goods dilemma. *Organizational Behavior and Human Decision Processes*, 60, 367-386.

Chen, X. P., & Peng, S. (2008). Guanxi dynamics: Shifts in the closeness of ties between Chinese coworkers. *Management and Organization Review*, 4 (1), 63-80.

陈晓萍，徐淑英，樊景立 (2012). 组织与管理研究的实证方法 [M]. 2 版 . 北京：北京大学出版社 .

Chen, X. P., Xie, X. F., & Chang, S. Q. (2011). Cooperative and competitive orientations in China: Scale development and validation. *Management and Organization Review*, 7(2), 353–379.

Chen, X.P., Yao, X., & Kotha, S. (2009). Passion and preparedness in entrepreneurs' business plan presentations: A persuasion analysis of venture capitalists' funding decisions. *Academy of Management Journal*, 52 (1), 199-214.

Wang, G.G., Xiao, J., Zhang, Y., & Tang, L.T. (2013). Promoting research integrity and excellence in Chinese HRD studies. *Journal of Chinese Human Resource Management*, 4(1), 4-15.

原文载于 *Journal of Chinese Human Resource Management*, 4(1), 77−89 and 4(1), 171−178

第三篇

古老与现代

英国的古老大学

　　虽然我长期在美国的大学工作，而且我目前所在的华盛顿大学也已经有超过 150 年的历史，但是第一次去英国访问牛津大学的时候，我还是被震撼了。这座具有 850 年历史的大学里的建筑、街道甚至空气，都渗透了学术的气息。之后，我有机会访问了英国的另外两所商学院：伦敦商学院（London Business School）和伦敦大学商学院（University College London），与那里的同事做学术交流，对英国的大学有了更全面的了解。但是，对一直耳熟能详的剑桥大学，却一直没有找到拜访的机会，心有戚戚焉。

　　可以想象当我收到剑桥大学商学院的邀请，去那里担任访问教授访学一个月的时候，我的心情有多么激动。我选了 3 月份华盛顿大学放春假而剑桥大学还在学期之中的时间，开始了我在剑桥大学的深度体验。

　　剑桥大学自成立至今已经有超过 800 年的历史了。800 多年啊，多少星移斗转，多少花谢花开；多少君主易位，多少物是人非；多少科技发明，多少理念更新！一个大学在这个过程中是如何与

时俱进，推动社会前行，同时又保持自己的古老神韵和学术地位
的呢？

初遇剑桥

从伦敦的希思罗机场出来，学院派来的司机已经在等
我了。路上有一个多小时的车程，大多为乡间小路，大片的树
林草地在两边闪过。天气忽晴忽雨，偶尔看到有彩虹在天边升
起。有一次竟看到一道几乎完整的彩虹出现在眼前，横跨整个
天空。可惜这是转瞬即逝的美丽，还没等我拿出相机，就已经
错过了。

汽车一进入剑桥大学的校园，古老的感觉就扑面而来。一
座一座被岁月侵蚀良久的石头建筑在狭窄的马路两边出现，有许
多带着尖顶，像是教堂。我被安排住在学院专门给客座教授预留
的公寓里，上下两层，客厅和厨房都很大，还有两间卧室和卫生
间。剑桥大学商学院的教授 Vincent 是我的接待者，他在公寓门
口等我，帮我安顿下来就告辞了，因为这个星期他正在带一个从
香港过来的高管培训班，有太多事情需要处理。

我在公寓里稍事休息，就忍不住走了出去。雨后的天空颜色
湛蓝，空气清新。这座具有 800 多年历史的大学，至今还保持着
早年的格局，采用学院制，而不是美国大学按照专业划分的院系
制。每个学院小而全，开设多种专业，并负责该学院学生的衣食

住行（宿舍、食堂）和灵魂塑造（教堂）。商学院显然是后来开设出来的，虽然名为"学院"，但其实隶属于工学院，是工学院之下的二级学院。

公寓门口是大学的一条主路，出门右转，就能看见一个较大的尖顶教堂。朝着尖顶的方向走，仿佛回到了中古世纪，街道两边的建筑都那么古老、富有底蕴，充满神秘感。每一座对我都有强烈的吸引力。每路过一个学院的大门，我就想走进去深探一下，只可惜有些不对外开放。但仅是可见部分，已经让我震惊了。特别是国王学院（Kings College），其壮观宏伟，难以用语言描述。

国王学院门口的草坪斜阳

克里斯蒂学院

国王学院

垂樱

午后的阳光透过那些巨大的镂空的窗子投射到碧绿的草地上，那么安静，那么明亮。草地上有些胖鸽子走来走去寻找吃食，好可爱。

回程时路过嘉治（Judge）商学院，发现竟然离我的公寓那么近，步行不到三分钟。走进铁门，眼前是一座高大的彩色建筑，与其他学院的风格截然不同。推开有七个大圆窗子的大门，发现大楼中空，五彩缤纷，楼梯穿梭其间，有几根巨高的圆柱，又有诸多如舞台包厢座那样的空间。楼顶也画满了彩色的纹理，整个感觉像个儿童乐园，充满了装饰性和娱乐性，令我忍俊不禁。这个设计实在太别具一格了，颠覆思维！原来古老与现代、凝重和轻盈就是这样自然并存于剑桥大学的啊！

年年新鲜的花花草草

第二天，我去学院办"入职"手续，填写表格，领取门禁卡，办理电邮账号、打印密码，等等，之后到办公室上班，算是安顿下来了。商学院现在有两座大楼，"儿童乐园"是主楼，主要是学生和工作人员的活动场所，教室、会议室、咖啡厅和餐厅等都在这里。与主楼相接的是一座更老一点的大楼，主要是教授的办公室。这些年商学院发展迅速，目前的空间已经不够用了。我看到主楼后面正在新建一座大楼，设计现代，不再"调皮"，大概2018年可以竣工。这里的安保设施很严密，每一座大楼的大门、每一层楼的大门、每一间办公室的门都需要门禁卡才能进入。这样一比，华盛顿大学的大楼安保实在太"小儿科"了。

我在办公室工作了一会儿，看到窗户外面蓝天白云，就决定出去转一圈。沿着昨天的那条主路，我走到校园中心区域的一个自由市场，有几十个卖水果、蔬菜、面包、衣服的摊位。有趣的是，我发现那个面包摊上起码有二十种不同种类的面包，看上去很诱人，就忍不住买了一个。接着继续行走，我看到校园的购物中心 Lion Yard，发现里面人气很旺，商店很多，设计非常现代，

嘉治商学院的大门

主楼的门

如同儿童乐园的商学院大楼内部

被鲜花装点的窗户

有好几层楼。

接着我决定去学校的植物园，那离我住的地方不远。路上经过昨天看见的克里斯蒂学院，我就进去转了一圈，发现每个窗台上都种了春天的花：水仙啊，郁金香啊，等等。窗子的玻璃正好映射出学院的主楼如城堡一般的轮廓和细节，美丽非凡。这一圈的房间有几十个这样的窗台，每一个都用鲜花装点，每一个窗子里的影像都不相同，实在让我欣喜不已。

在去植物园的路上，我发现有好几棵树已经开花了，是红叶李花，和我家门口的那株一样。在蓝天的映衬下，这些花开得格外热烈、温暖，感觉春天的气息扑面而来。

走了十几分钟之后，终于来到了植物园，却发现里面实在没有什么可看的花草树木，只有几株刚刚发芽的枫树，枝丫一缕一缕地挂下来，嫩绿青翠的绒球一串串在阳光下兀自慵懒。我决定在一条洒满阳光的长椅上坐一会儿。十几分钟之后，打道回府，途中路过一家特易购超市，就顺便进去买了一点油盐酱醋，准备在未来三个星期里自己开火做饭。

回到公寓，发现接线板忘记拿回来了，只能回办公室去拿。结果巧遇一个讲座（联合利华驻英国的营销总监是主讲嘉宾），就决定去听一下。教室里坐满了人，大部分是 MBA 学员，也有一些老师。演讲很精彩，是关于在新科技状况下营销策略的创意的。要保持商学院的前沿性，不断与业界人士碰撞可能是一个重要的

李花缤纷

枫叶吐芽

手段。这些业界人士身处一线，最早感受到未来的商业挑战，无论是社交媒体、机器人、移动支付，还是物联网、人机互联、工业 4.0。商学院的老师其实常常感受到滞后，除了在线教学，其他科技进步对他们的工作似乎冲击不大。不与战斗在第一线的商界人士并肩，商学院就会变得脱离实际，与这个世界无关。

剑桥大学的三个著名学院："国王""三一""圣约翰"

清早起来发现公寓里的网络断了，赶紧约了房管处的 Jonathan 过来查看。他正在做火警检查，穿着一套职业装，身材高大，很年轻，讲话非常绅士礼貌。我还跟他说了楼道里的传感器会鸣叫的问题，他说他会让有关人士过来检修。他帮我连上了剑桥大学的网络系统，所以我可以继续工作了。

中午过后，我去了办公室。下午 Vincent 的博士生 KC 要带我逛一下校园，但我从网上看到国王学院中午在大教堂有一个男生音乐会，于是决定先去听音乐会，之后再和 KC 会面。走到学院门口，发现门卫正在让其他游客去对面买票进入，我跟她说要去听音乐会，她说不知道这项活动，让我自己到里面去看看。我走进大门，才发现这个学院的壮观，中间的大草坪碧绿一片，感觉有点望不到边，可见面积之大。教堂在右侧，非常高大。我沿着石板路走向教堂的大门，门口还有门卫，便问起音乐会的事，

国王学院的教堂

教堂内部

　　没想到他也不知道。好在他很客气，我就问他我能否进入教堂参观一下，他点头同意了。教堂里只有几个游客，我就在里面认真仔细地观看起来，心中不断地感到震撼。如此精美的建筑，如此绚烂的巨型窗子，上面画满了《圣经》故事，每一个人物的表情、衣服的皱褶都那么栩栩如生，不知道花费了多少时间、精力和金钱，人类的文明和智慧就在这样的建筑中体现出来，不得不让人惊叹人类的伟大！

　　我情不自禁地拍了很多照片，很快半个小时就过去了。走出

教堂的窗户

教堂，往右拐，我看到有更多草坪，尽头好像还有一条河，应该就是著名的康河（river cam）了吧。果真看到有船在上面漂，船头有人撑着长篙推动船前行。这些船都是平底的，英文叫 Punt，一条船上坐了七八个人。河里的水看上去不太深，我看那杆长篙很容易就撑到河底了。

我慢慢走到桥上，发现康河上小桥无数，我站的这一座最普通，就是一个拱形石桥，而往前望去就看到一座三个孔的石桥，建得更为精致一些。再往后看，另有一座桥，好像是木桥。站在桥上，就想起当年徐志摩的诗《再别康桥》：

> 轻轻的我走了，
> 正如我轻轻的来；
> 我轻轻的招手，
> 作别西天的云彩。
>
> 那河畔的金柳，
> 是夕阳中的新娘；
> 波光里的艳影，
> 在我的心头荡漾。
> ……

寻梦？撑一支长篙，

向青草更青处漫溯；

满载一船星辉，

在星辉斑斓里放歌。

但我不能放歌，

悄悄是别离的笙箫；

夏虫也为我沉默，

沉默是今晚的康桥！

悄悄的我走了，

正如我悄悄的来；

我挥一挥衣袖，

不带走一片云彩。

我走下桥，突然就看
到路边的草地上有一块低
矮的云石，中间似有河流
的形状，而"河流"的两
岸上刻着中文，仔细一看，
竟然就是徐志摩的那两句

刻有《再别康桥》诗句的云石

康河泛舟

诗！在云石的边上，则有一块英文写的牌子，说徐志摩在1921—1922年间曾在国王学院学习。我想除了中国人，国王学院里的人应该不会有谁记得徐志摩吧。

这样出神了一阵，就到了与KC会面的时间了。我赶紧往回走，果然看见他已在大门口等我了。我们之前并不认识，他告诉我自己是尼泊尔人，一直是学经济学的，后来对营销学感兴趣，就到剑桥大学商学院来读博士了。他说下午三点系里还有个讲座，因此我们只有一个小时的闲逛时间。他准备带我去剑桥最著名的两个学院：三一学院和圣约翰学院。剑桥大部分的诺贝尔奖获得者都是这两个学院的教授。我十分兴奋，立刻疾步开走。

三一学院是剑桥最古老的学院之一，1546 年成立，距今已有470 多年的历史，许多重要的科目，如数学、物理、化学、天文、地理都在这个学院教授，那个提出宇宙黑洞理论的霍金就是这个学院的教授。那部以他为原型的电影《万物理论》（*Theory of Everything*）就是在这里拍摄的。还有那部讲印度那个发现奇数理论和无穷大数字理论的天才数学家拉马努金故事的电影，也是在这儿拍摄的。我还特别记得当时拉马努金不小心踩上草坪被管理

三一学院一角

三一学院的教堂

员批评，后来他的成就被认可，被授予院士称号之后，别人跟他说他现在可以走上草坪了的情景。剑桥的草坪也是有规格的，不是一般人可以触碰的。

三一学院的杰出院友有 45 位之多，远的如牛顿、培根，近的如查尔斯王子、演员埃迪·雷德梅恩（就是他演的霍金，并凭借该片得了奥斯卡金像奖最佳男主角奖）。印度的甘地家族起码有两位后代也是在这个学院受的教育。

当然，每个学院最显著的大楼就是教堂了。我们推开教堂的大门，发现这个教堂的格局与国王学院的相当不同。首先是房顶的木结构和图案、颜色，其次是一进门处放了许多学者的全身大理石雕像，纯白色，雕刻精细。这些学者里有弗朗西斯·培根，等等。而且墙壁也就是石灰的，比较朴素。可能与建的年代久远有关吧，那时的石雕技术可能还不太发达，木料就用得比较多一点。

走出教堂，我们在庭院里走了一圈，来到后面的草坪。放眼望去，鲜花盛开，小桥流水，美得让人想流泪。

三一学院后面的大草地，春花烂漫

院长官邸

三一学院图书馆

学生餐厅

餐厅内部

从三一学院的草坪上看到的圣约翰学院

　　之后，我们去了隔壁的圣约翰学院。该学院于 1511 年 4 月 9 日落成，宗旨在于提升教育、宗教、学习和研究。这个学院的建筑包括教堂也令人震惊。

　　圣约翰学院曾出过十位诺贝尔奖获得者、七位总理、十位主教和三位圣人。曾有三位王子在此求学，可谓历史辉煌，令人肃然起敬。

圣约翰学院的
教堂

圣约翰学院一角

从教堂出来，KC 说他特别要带我去看的是下面的景观。我好奇，跟着他走，穿过一扇雕花的铁门，眼前豁然开朗。

如果只往前面看，望不到头的是草坪和树林。我看到一位年长的学者独自一人走在碎石子路上，特别有享受孤独的感觉。

享受孤独

叹息桥

学者的精神家园

早上在公寓工作，中午去办公室。下午做了一个讲座，讨论如何在一流学术期刊上发表论文。听众不少，有营销系的老师、学生，也有一些访问学者。讨论十分热烈。这也是剑桥大学与时俱进的一项举措，每年都邀请处于学术前沿的学者过来交流。我"入职"之后，每个星期都会收到关于各种讲座的邀请函。而且我发现最近这些年英国大学商学院的考核制度也越来越向美国大学的体系靠近了（亚洲国家早已这么做了）。啊，这个世界的评价标准越来越统一了，这是好事还是坏事？

普及的晚诵时光

傍晚时分，我发现天气晴朗，就决定出去走走。先去了彼得学院（剑桥大学最古老的学院）后面的小鹿公园，发现里面空无一人，只有许多含苞待放的地仙花等待着观众。空气清朗，云彩飞翔。

从公园出来之后，又走向国王大道。看到正有不少人走进国

破土而出的花

王学院的大门，才知道到了晚诵（evensong）的时间。这里的晚诵是一个45分钟的仪式，念《圣经》，唱圣歌。我觉得自己正好可以体验一下，就跟着人流进去了。

我坐在离布道台很近的座位上，放松全身，仰望教堂巨高的穹顶和彩色玻璃窗，让灵魂慢慢飞起来。

管风琴响起，身穿白色礼服参加晚诵的学生和主教缓缓步入教堂，站定后，开始唱诗。应该都是男生吧，其嗓音纯粹、圆润，表现完美。没有一丝杂音，没有一丝噪音，这么美妙的声音让心灵也变得纯粹了，上帝听了也会感动吧。我的眼泪情不自禁地滑落下来。

每个座位上都有一张写有指导语的卡片，大家按照仪式的顺序，该站立的时候站立，该坐下的时候坐下，该跪拜的时候跪拜，该祈祷的时候祈祷，该说阿门的时候说阿门，非常整齐有序。我大部分时间都闭目养伸，犹如进入功态，让身心都完全放松下来。仪式结束时感觉神清气爽，出门主动捐赠支持教堂的修缮。

有趣的是，主教在祷告的时候特别强调了当天是三八妇女节，所以用了一些英国知名女性，比如简·奥斯汀等的话来祈祷。原来宗教也是与时俱进的啊！

月上教堂的树梢

后来我发现，除了国王学院，其他的各个学院在每周的不同日子也都有晚诵时光，免费向所有人开放。也就是说，如果我想每天都体验晚诵的话，也可以实现。对于喜欢精神和灵魂洗涤的人，这是多么幸福的一个地方啊！

到了星期日，每个学院都有礼拜，仪式更完整，时间更长，一般在 75 分钟左右。我也有幸参加了两次，同样感动。

生活也不苟且

除了精神的追求，谁也无法逃避生活的苟且。可是，在剑桥，就是生活也可以趣味盎然。我在校园闲逛时，发现一些有趣的商店、餐馆，别致而有品位。

一道古墙

小吃、方便午餐餐馆

寿司便餐店

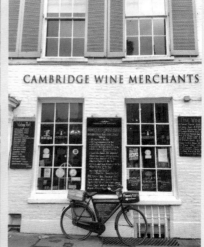

葡萄酒铺

日用品店

小旅店

服装店

路边咖啡店

鞋店

锅具店

剑桥大学书店

小巷里的餐馆

剑桥大学的博物馆

早上起来发现阳光已经透过窗帘照进来。大晴天啊，我立刻决定到康河边去走一走。

一出门就闻到咖啡香，是楼下那个小咖啡馆传出来的。那里每天早上都生意兴隆，如果不是对咖啡过敏，我早就进去喝了。过了马路不多久就到了康河，感觉比较野，有大片的草地（未加修饰）和非常古老巨大的柳树，地上还有些许零星的小花。康河

古柳

青杨柳枝

里游着一些鸭子，优哉游哉的。远处有一对男女学生在草地上缠绵，好久之后，恋恋不舍地分别了。我在河边走了一个多小时，中午时分回到公寓。

剑桥大学里有二十多个博物馆，大小不一，主题各异。其中面积最大、收藏最多的就是菲茨威廉姆博物馆，离我的公寓不到五分钟的路程。所有的博物馆都免费对外开放，每天下午5点准时闭馆，所以我只能抽出上班时间去欣赏雕塑、画作等各种收藏。前几天我去过一次，但时间太短，只观看了一小部分。

菲茨威廉姆博物馆

博物馆藏品

流泪的女孩雕像

这尊流泪的女孩雕像太逼真了，那种无辜、纯洁、迷惘、悲伤的眼神和两滴晶莹剔透的眼泪，一下就揪住了我的心。我后来去了博物馆的礼品部，可惜没有看到有出售的，只好买了一座维纳斯女神像做纪念。

博物馆是收藏人类文明结晶的地方，物质的、精神的，人类最重要的创举和进步都在这里可以找到。800多年的历史在博物馆中被浓缩，激励后人。

剑桥大学的教授们

剑桥大学与美国大学的另一个重要不同是教授的归属。在美国，我在商学院教书，我就是商学院的教授。但是，在剑桥大学商学院任教的老师，却可以成为不同学院的教授。不过这需要自己申请，学校审批。比如我认识的几位教授，一位在西德尼·苏塞克斯学院，一位在纽纳姆学院，还有一位在圣埃德蒙学院。有两位已经成为所在学院的院士。一旦成为某学院的教授，就可以每天吃免费午餐！当然责任也不少，其中一部分就是给该学院开一门课，并给学生做学术辅导。所以有的教授就选择不隶属于其他学院。

我早上在公寓工作，中午与战略系的一个讲席教授（Sucheta教授）一起共进午餐。Sucheta教授同时挂靠纽纳姆学院（是女子学院），因此可以去该学院教授用餐的餐厅吃免费午餐。纽纳姆学院也十分古老，有许多著名女士是学院的院士，比如英国演员艾玛·汤普森等。Sucheta教授祖籍印度，曾经在美国任教，两年

纽纳姆学院教授餐厅

前才来到剑桥。但她已经相当融入这里，而且做的研究也在英国得到了广泛的认可，媒体报道，记者采访，快要成为名人了。

晚上我应邀去 Jess 和 David 家吃饭。我多年前就知道 David，因为他发表了很多研究论文，在我们这个领域相当知名，而且在欧洲应该算得上数一数二的管理心理学者了。David 是比利时人，曾经在荷兰鹿特丹商学院任教，后来去了伦敦商学院访问，之后又去了上海的中欧国际工商学院工作了三年，并在那儿认识了中国女孩 Jess。Jess 老家是温州的，大学读的是英文，后来自己开了一家翻译公司，之后去中欧读 MBA，毕业后留校工作。两人经别人介绍后相识，之后相爱结婚。两年多前，David 得到一个讲席教授的职位，他们就一起来到了剑桥。他们刚刚生了一个女儿，九个月大。我发现 Jess 十分能干，里里外外一把抓，晚餐全是她自己一手烹饪的，味道很好，还特意为我做了梅干菜蒸肉。他们的小宝贝 Hanna 长得特别结实，正在学习站立，见到我很喜欢，一直要往我这边爬过来和我玩。她一直都在笑，好可爱。

我们这顿晚饭一共吃了四个小时，大家海阔天空聊得起劲，因为共同认识很多人，又都有跨文化生活的经历，有很多共鸣。但我发现 David 对剑桥的融入程度与 Sucheta 教授很不一样，他来了两年，还没有建立起归属感。

在剑桥的最后几天，我和更多的剑桥同事进行了交流。有一天中午与学院的华人教授 Eden Yin 去他所在的圣埃德蒙学院共进午餐，结果巧遇他们的上任院长 Brian Heap，大家就一起吃饭聊天，很愉快。之后我们又在教授休息室一起喝咖啡（我喝了热巧克力）

与 Brian Heap 合影

聊天，我了解到学院的历史、Brian 的经历、他和中国的渊源，以及他现在还在介入的帮助中国的项目。有一位来自日本的访者，在跟他谈环境工程的项目。Brian 温文尔雅，平易近人，十分热心，是典型的英国绅士形象。

下午与 Vincent 开会，继续讨论我们的研究项目。他送了我一本中文书，是他出的散文集，那时我才知道原来他也是中文写作爱好者。竟然还有这样的巧遇，让我十分惊喜。原来他的中文名字叫麦华嵩，本科在剑桥大学读数学专业，后来回香港工作，做过一段时间的报纸副刊记者。再后来他在香港科技大学读博，师从 Rami Zwick（曾经也是我的合作者）。他选择了市场营销专业，但从事的研究方向与我之前的非常相似，也是社会困境问题。他从香港科技大学毕业之后就来到剑桥大学商学院工作，非常聪明、勤奋，发表了不少论文，拿到了终身教授的职位。但他的中文写作兴趣不减，现在还在为香港的报纸写散文，特别是有关古典音乐和音乐家的文章。同时他还出版过小说。

他送我的小书名叫《眸中风景》，分为"回盼""留影"和"想与想象"三个部分。"回盼"部分基本是回忆自己年幼时关于父亲和家人的一些故事，"留影"部分主要描述的是自己的旅行感想，"想与想象"部分则是他对社会、对自身的一些反思和想象。从这些文章可以看出，他是一个十分安静、敏感、多思、多想的学者，对许多现象都有思考和见解，对问题也看得比较透彻。他对许多音乐家的故事颇为熟悉，讲起来简直如数家珍，可见他对音乐的造诣和研究。能够巧遇他真算是缘分，很高兴又结识了一个志趣相投的同仁。

后来，我还有机会和 Martin Kilduff 共进午餐。Martin 是英国人，曾经在美国的大学做教授，当过《管理学会评论》的主编，也当过《管理科学季刊》的副主编，是一位非常资深的学者。从美国回来之后，他先在剑桥大学待了五年，后来到了退休年龄，就去了伦敦大学学院做教授，现在是那儿的系主任、学术带头人，已经把组织管理系建设得有点模样了。他平时虽然住在伦敦，但还保留着剑桥的房子，因此每到周末，他就坐火车回剑桥。他在剑桥大学任教的时候，已经是西德尼·苏塞克斯学院的院士，所以可以终身免费在该学院用餐，而且可以在前排的餐桌就座，并且有固定的餐巾箍。

这里的午餐每天都不同，我们吃的是英国最典型的炸鱼薯条，外加生菜沙拉和甜点，很不错。吃饭期间遇到一些学院的教授，有数学专业的、建筑专业的，等等。更有意思的是，还巧遇西德

西德尼·苏塞克斯学院

西德尼·苏塞克斯学院餐厅

尼·苏塞克斯学院的院长（她兼任商学院的领导）Sandra Dawson；而我做的这个访问教授（Sandra Dawson Visiting Professor）就是以她的名字命名的。很开心！

成为剑桥人？

在剑桥的每一天，早上起来做的第一件事就是站桩一小时，然后在寓所工作。自从我在微信朋友圈里发了一些剑桥大学的照片之后，有几位朋友就萌生了来剑桥的愿望。其中一位是曾经在复旦大学读 EMBA 的学员，她正在伦敦外派，得知我在剑桥，想和我聚一下。我当然很高兴。

　　她从伦敦坐火车过来，中午时分到达我的公寓，我们就一起去吃了午餐，然后去参观几个最著名的学院。我发现自己已经变成了"老剑桥"，俨然可以做导游了。

　　参观完校园，我们又去了博物馆，然后回到公寓一起喝茶、嗑瓜子、聊天，一直到晚上 8 点多方散。她在一家中国证券公司工作，这家公司收购了葡萄牙的一家公司，才开始全球化业务，在伦敦设有办公室。她被外派到英国一年多了，但家人还在上海。她说公司 2016 年亏损了 10 亿元，现在正在重组。CEO 好像不做事，她因此感觉郁闷。

通向圣克莱尔学院

又过了几天，在利兹大学访学的一位博士生说要过来看我，她正在写博士论文。那天是我做学术讲座，她特意来听，同时也认识一下剑桥的老师和学生。学术讲座的讨论非常热烈。

之后我又当起了导游，带她去了几个主要的学院参观，再逛校园。可惜的是这个星期正好遇到学生期终考试，好多学院都不向游客开放。我们只能在外面观看。晚上一起在学校中心地段的Cambridge Chop House 吃了晚餐。这个餐馆看上去门面不大，进去后走下楼梯才发现里面别有洞天，其主要的座位都在地下，很有古堡的感觉。我们聊了很久，我对她的成长经历和人生愿景都有了深刻的感受和了解。原来她是想当外交官的女孩子，胸怀世界啊！希望她的人生理想能够实现。

我们在逛校园的时候，又看到了一些新的风景。尤其是那些飞翔的白云，让人忍不住想张开"翅膀"。

过了几天，励扬过来和我相聚。我又为他做了一次剑桥的导游。之后，我们决定拓宽视野，走出剑桥。在一个春寒料峭的早晨，我们去了附近的伊利小镇，因为那儿有一座有着千年历史的大教堂，无比壮观。这座教堂历经千年还屹立不倒，是经过无数次修缮和加固的结果。更奇特的是，教堂的顶端还建有一座八角塔楼，游客可以爬到塔楼上俯瞰教堂内部。

从剑桥坐火车到伊利小镇，只有十几分钟的车程。小镇边上有一条河，比康河要宽一些，其余的就是诸多小店，当然最著名

飞翔的云

的就是那座大教堂了。我们买了游览塔楼的门票，然后就跟着导游爬楼。经过狭窄的楼梯和通道，先到了教堂中部的屋顶上，从那里可以观看外部的风景。之后再沿着崎岖的更窄的楼道，来到教堂顶端的八角塔楼。在那儿，导游给我们小心翼翼地打开了两扇窗子，我们就看

古树

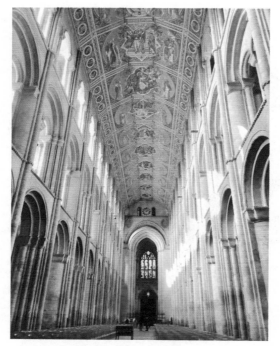

具有千年历史的伊利大教堂

到了在360度的窗子上画着的多位女神全身像，色彩鲜艳，十分美丽。

从八角塔楼的顶部下来，我们跟着导游又在教堂里参观了两个多小时。不幸的是，前一天在伦敦发生了一起恐怖袭击事件，一名歹徒开车横冲直撞，后来又手拿菜刀乱砍，结果死伤十多人，自己也被警察击毙。事发地点就在伦敦最中心的大本钟和国会大厦附近，令人感到恐惧。在教堂里的时候，每到一个钟点，主教就叫大家静坐祈祷，为前一天的死难者，为人类不再发生那样的悲剧。因此我们在参观教堂的过程中，总共停下来祈祷了三次（11点整、12点整、13点整）。

从教堂出来，我们走到伊利河边散步，发现那儿竟然有十多棵巨大的柳树，树干上有被岁月和风雨刻下的深度纹路，如刀割过一般。我从未见过如此饱经风霜的柳树，虽然我从小在西湖边的柳浪闻莺长大，但那儿的柳树与这些实在不可相提并论。

伊利教堂顶楼八角塔上的壁画

我想，这些柳树可能也有千岁了吧。此时，柳枝上正好爆出了嫩芽，一点一点的绿色跳跃在细细软软的枝条上，风一吹，千万根柳枝飘舞起来，也颇有柳浪的感觉了。

我们接着往前走，看到有一个小小的庭院门口好像排起了长队，仔细一瞧，原来是个喝下午茶的茶室兼餐厅。这个茶室的房子是典型的英国建筑，小巧玲珑，精美亲切。温暖的阳光照亮了整个庭院，庭院里花儿盛开，有好几张桌子旁都已坐满了人。透

下午茶时光

过窗户往里看，也可以看到有好多桌客人正在用茶，整个画面十分温馨。我们于是也就忍不住停下脚步，从众排队。大约二十分钟后，我们终于等到了位子，然后就慢慢悠悠地享用了两个小时的午餐和下午茶，算是体验了十足的英国风味！

励扬的生日在 3 月，很快就到了那一天。我终于仔仔细细地在我曾经欣赏的那些小店里逛了一下，给他买了一张非常精致的生日卡。然后我们一起去坐船游康河——剑桥最热门的旅游项目。

　　阳光正好，我们来到码头，很多人在等船。买票的时候对方问我们是自划还是船夫划，我们选择了船夫划，这样就需要拼船，就是一条船上需要坐满八个人后才开启。等待片刻之后，我们就与其他的游客（来自西班牙、日本、爱尔兰等国）一起上了船。船夫是当地的一个小伙子，他一边撑船一边介绍康河两岸那些建筑和学院的历史。其实，这段时间下来，我们都已经非常熟悉两岸的景色了，俨然"老剑桥"的感觉。他还给我们讲解了撑船的要领。我们看到邻船上有的游客自己在学撑船，果然艰难，经常把握不住方向。

　　上岸之后，想想第二天就要离开剑桥，有点依依不舍，于是

游康河

学者散步于康河岸边的圣约翰学院

　　我们又去了三一学院和圣约翰学院，之后又在周围继续探索未曾走过的街道和小巷。我们看到了那座著名的圆顶教堂，还有盛开在小巷里的迎春花和桃花，以及停在铁栅栏边的一排排自行车，在阳光下，投下长长的影子，十分温馨。

　　在回家的路上，我们又路过国王学院。那时，午后的阳光正好穿过院墙上那些镂空的窗子投射在碧绿的草地上。啊，这不就是我第一天下午来这里时看到的风景吗？这样前后呼应的风景，一定是老天的安排！

三一学院正门上部　　　　　　　阳光下的单车

　　回到公寓之后，我就开始做羊排大餐，为励扬庆祝生日。我在羊排的表面抹上盐和方便面调料中的辣粉，然后在平底不粘锅里放上油，很快炸焦一面，翻过来，再炸焦另一面，烹饪出来后竟然与餐馆的烤羊排有类似的味道。在比较简陋的条件下，我的厨艺算是经受住了考验！

　　第二天，我们整理好房间和行李，把钥匙留在厨房的餐桌上，算是结束了在剑桥的短期生活。心里虽然恋恋不舍，但一想到回到西雅图在校园里就能看见樱花盛开的春天，我不禁微笑了。

在剑桥

2017 年 3 月于英国剑桥